Günter Huth
Der *Schoppenfetzer*
und der untote Winzer

Günter Huth wurde 1949 in Würzburg geboren, und lebt seitdem in seiner Geburtsstadt. Er kann sich nicht vorstellen, in einer anderen Stadt zu leben.

Er ist Rechtspfleger (Fachjurist), verheiratet, drei Kinder.

Seit 1975 schreibt er in erster Linie Kinder- und Jugendbücher, Sachbücher aus dem Hunde- und Jagdbereich (ca. 60 Bücher). Außerdem hat er bisher Hunderte Kurzerzählungen veröffentlicht. In den letzten Jahren hat er sich vermehrt dem Genre Krimi zugewandt. 2003 kam ihm die Idee für einen Würzburger Regionalkrimi. „Der Schoppenfetzer" war geboren.

2013 erschien sein Mainfrankenthriller „Blutiger „Spessart", mit dem er die Simon-Kerner-Reihe eröffnete, mit der er eine völlig neue Facette seines Schaffens als Kriminalautor zeigt. Durch den Erfolg des ersten Bandes ermutigt, brachte er 2014 mit dem Titel „Das letzte Schwurge-richt" den zweiten Band, 2015 mit „Todwald" den dritten Band, 2016 mit „Die Spur des Wolfes" den vierten Band und 2017 mit „Spessartblues" den fünften Band dieser Reihe auf den Markt.

Der Autor ist Mitglied der Kriminalschriftsteller-vereinigung „Das Syndikat".

Günter Huth

Der *Schoppenfetzer*
und der untote Winzer

Der achtzehnte Fall des
Weingenießers Erich Rottmann

echter

Der Umwelt zuliebe verzichten wir bei diesem Buch auf
Folienverpackung.

Günter Huth
Der *Schoppenfetzer* und der untote Winzer

© Echter Verlag, Würzburg
Alle Rechte vorbehalten

Cover: Konzept Peter Hellmund
Ausführung: Tobias Klose – Büro71a
Gestaltung Innenteil: Crossmediabureau, Gerolzhofen
Gedruckt und gebunden von CPI books – Clausen & Bosse, Leck

1. Auflage 2020

ISBN 978-3-429-05531-8 (Print)
ISBN 978-3-429-05104-4 (PDF)
ISBN 978-3-429-06494-5 (ePub)

www.echter.de

Prolog

Aus Elviras geheimen Tagebuch

Freitag, den 14. Oktober

„… Endlich finde ich nach längerer Zeit wieder einmal die Muße, Dir, liebes Tagebuch, einige meiner intimsten Gedanken anzuvertrauen. Es ist mir heute ein dringendes Bedürfnis, dir mein Herz auszuschütten. Genau genommen beschäftigt mich heute, wie seit vielen Jahren, dasselbe Dauerthema mit Variationen! Dieses Problem heißt vorne Erich und hinten Rottmann. In dieser Zeit habe ich viel Energie, Geduld und Hoffnung in ein liebevolles Miteinander mit diesem Mann investiert. Was habe ich erreicht? Ehrlich gesagt, kam nach einem hoffnungsvollen Schritt nach vorne immer ein Doppelschritt rückwärts. Einfach frustrierend! Dieser Erich Rottmann versteht es wie kein Zweiter, mit der Sensibilität eines sturen Ochsen auf meinen Nerven herumzutrampeln.

Wenn ich beispielsweise auf die vergangenen Wochen zurückblicke, dann zeigt sich mir immer wieder nur das gleiche Bild: Stammtisch – Öchsle – Stammtisch – Öchsle usw. Mein lieber Freund Erich bringt mich noch zum Verzweifeln! Selbst in diesem sehr persönlichen Zwiegespräch mit Dir, liebes Tagebuch, habe ich Scheu, ihn so klar als Freund zu bezeichnen. Obwohl er das aus meiner Sicht zweifellos ist. Wenn ich Freundschaft sage, dann meine ich ehrlich gesagt etwas mehr, gewissermaßen … eine Freundschaft plus. Selbstverständlich würde der alte unterfränkische Dickschädel das in der Öffentlichkeit oder gar vor seinen Stammtischbrüdern niemals eingestehen, dass er ganz tief in seinem fränkischen Herzen ähnlich empfindet wie ich. Die Neckereien seiner Schoppenbrüder prallen einfach an ihm ab. Zwischendurch dachte ich schon, er wäre feminophob!

Dann, ganz plötzlich, zeigt er aus heiterem Himmel eine erstaunlich weiche Seite, die das krasse Gegenteil beweist. Da ist zum Beispiel die Sache mit der hübschen Winzerin Lieselotte Siebenheilig aus Eibelsdorf ...

Liebes Tagebuch, es ist wirklich sehr bedauerlich, dass der Ehemann der armen Frau vermisst wird. Aber ehrlich gesagt fand ich den Einsatz Erichs in Bezug auf ihre Betreuung etwas übertrieben! Es könnte jetzt der Eindruck entstehen, dass ich eifersüchtig wäre ..., aber das ist natürlich totaler Unsinn ..., an den Haaren herbeigezogener völliger Quatsch ...

Na ja ..., vielleicht ein kleines bisschen ... ein ganz, gaaanz kleines bisschen ...

Der schmale Weinbergstraktor stand mit laufendem Motor auf dem obersten Wengertsweg direkt vor einer aus rotem Buntsandstein geschaffenen Figur des heiligen Vitus, die auf ihrem gut zwei Meter hohen Sockel in vielen Jahren in Regen und Wind, Eis und Schnee einige ihrer einstmals fein ausgearbeiteten Konturen verloren hatte. Nur Einheimische wussten, wer eigentlich dargestellt war. Irgendwann zu Beginn der achtziger Jahre des vorletzten Jahrhunderts soll sie von einem Christenmenschen an dieser Stelle errichtet worden sein. Heimlich. Anonym. Von einer Nacht auf die andere stand die Figur plötzlich da. Einige Dorfbewohner glaubten an einen anonymen Mäzen und Kunstliebhaber. Andere, eher nüchtern denkende Menschen, vermuteten dahinter die Sühnetat eines reuigen Sünders, der sein Seelenheil sichern wollte. Sei's drum, die wahren Hintergründe für diese Stiftung blieben verborgen und der unbekannte Künstler ist irgendwann auf irgendeinem Gottesacker begraben worden. Später errichtete die Gemeinde neben der Figur eine Aussichtsbank, da man an dieser Stelle einen schönen Blick ins Tal hat.

Die beiden Scheinwerfer des Traktors beleuchteten das Herbstlaub der Rebstöcke links und rechts des Weges, deren kräftige Farbtöne durch das Licht besonders zur Geltung kamen. Das nagelnde Geräusch des Dieselmotors durchdrang die nächtliche Stille. Der Traktor stand so auf dem Weg, dass sein linkes Reifenpaar fast den Steilhang des Weinbergs berührte. Nach einem kräftigen Gewitterguss war der Hang schlammig und aufgeweicht. Der Fahrer saß über das Lenkrad gebeugt. Der Oldtimer war ein echtes Liebhaberstück, das schon seit vielen Jahren nicht mehr für richtige Arbeit im Weinberg eingesetzt wurde. Dem Fahrzeug fehlte einiges an Sicherheitsequipment, das bei modernen Maschinen dieser Bauart zur Grundausstattung gehörte. Unter anderem der so wichtige Überrollbügel, der bei schmalspurigen Traktoren wegen der problematischen Schwerpunktverteilung und der damit verbundenen Kipp- und Überrollgefahr für den Fahrer überlebenswichtig war.

Plötzlich geriet der Traktor in Bewegung. Er rollte langsam schräg den Hang hinunter, neigte sich stark und wurde immer schneller. Dabei walzte er krachend zahlreiche Stickel nieder, bis er schließlich mit einem ächzenden Geräusch auf die Seite stürzte und sich mehrmals überschlug. Brutal riss er eine Schneise der Verwüstung in die Rebenreihen. Erst nach etlichen Metern brachte ihn der Widerstand der Weinbergspfähle zum Stillstand. Wie eine Schildkröte auf dem Rücken blieb er schließlich liegen, bis irgendwann der Motor erstarb und Ruhe eintrat.

So fand ihn bei beginnender Morgendämmerung Matthias Vogt, ein einheimischer Jäger, der gerade zur Jagd ausrückte. Nachdem er die Verwüstung im Weinberg entdeckt hatte, verließ er seinen Geländewagen, um die Unfallstelle zu untersuchen. Schnell fand er den abgestürzten Traktor. Die von ihm verständigte Polizei traf erst geraume Zeit später ein. Den Beamten erklärte er, den Traktor mit den Rädern nach oben liegend gefunden zu haben. Seine Suche nach dem Fahrer sei erfolglos geblieben, er habe nur eine große Blutlache gefunden. Daraufhin habe er die 110 gewählt und hier gewartet.

Bei der Sichtung der Absturzstelle durch die Beamten, die sich ächzend den Steilhang hinunterquälten, tauchte im Lichtstrahl ihrer Taschenlampen tatsächlich eine größere Blutlache auf. Sie nahmen ebenfalls an, dass sie vom Fahrer stammte, der aber nirgendwo zu entdecken war. Seine Verletzungen durften nicht unerheblich, wahrscheinlich sogar tödlich sein. Da eine Straftat nicht ausgeschlossen werden konnte, verständigte der Streifenführer den KDD, den Kriminaldauerdienst, in Würzburg. Erster Kriminalhauptkommissar Florian Deichler, eigentlich Leiter der Würzburger Mordkommission, war diese Woche zum KDD eingeteilt und eine Stunde später mit seinem Team vor Ort. Mittlerweile war der Tag so weit fortgeschritten, dass die Beamten ohne zusätzliche Beleuchtung auskamen. Deichler ließ sich von Matthias Vogt den Sachverhalt schildern. Der Jäger informierte Deichler darüber, dass der Weinberg zum Winzerhof von Gernot und Lieselotte Siebenheilig gehörte, ebenso wie der verunglückte Traktor. Er äußerte seine Verwunderung darüber, dass Gernot Siebenheilig mit dem Oldtimer in den Weinberg gefahren war. Das ganze Dorf wusste, dass das antiquierte Stück für gewöhnlich gut gepflegt und behütet in einer Remise des Weinguts stand. Nur ausnahmsweise wurde es für Festzüge oder dergleichen genutzt. Deichler bedankte sich bei dem Jäger und übergab ihn an einen seiner Beamten, der seine Personalien aufnahm und ihn bat, in den nächsten Tagen in der Polizeidirektion in Würzburg vorbeizukommen, um eine schriftliche Aussage zu unterschreiben. Damit war der Waidmann entlassen.

Florian Deichler gab dieser Unfall Rätsel auf. Die Blutlache war großflächig, hier hatte eindeutig jemand längere Zeit geblutet. Auch am Traktor waren erhebliche Blutanhaftungen. Hangaufwärts fanden sich noch weitere Blutspuren auf der Erde und an Rebstöcken. Die Beamten nahmen von jeder Spur Proben. Deichler forderte schließlich einen Fährtenhund, einen sogenannten Mantrailer, an, der für solche Nachsuchen speziell ausgebildet war. Es konnte ja nicht ausgeschlossen werden, dass sich der Fahrer unter Schock weitergeschleppt hatte und nun irgendwo verletzt im angrenzenden Wald lag. Der Fährtenhund arbeitete die Spur anfänglich im Steilhang gut aus, aber oben am Weg kam er irgendwann nicht mehr weiter. Auch nach mehrfachen Aufforderungen durch den Hundeführer nahm er die Fährte nicht mehr auf. Der Hund arbeitete sehr zuverlässig, weshalb der Beamte sich nicht erklären konnte, warum die Fährte dort oben plötzlich endete.

Matthias Vogt fuhr ins Dorf zurück. Auf seinem Weg kam er an dem Weingut Siebenheilig vorbei, das am Ortsrand lag. Das stattliche Gehöft mit Wohnhaus und mehreren Wirtschaftsgebäuden lag wie verlassen im Schein der aufgehenden Sonne da. Langsam ließ Vogt den Wagen am Grundstück vorbeirollen. Die Siebenheiligs gehörten zu den erfolgreichen Winzern im Dorf. Jedes Jahr erhielten sie Spitzenauszeichnungen für ihre Weine. Jetzt war die Tochter auch noch zur Weinprinzessin gewählt worden. Es lief bei den Siebenheiligs. Er wurde das Gefühl nicht los, dass diese Glückssträhne heute oben beim heiligen Vitus ein Ende gefunden hatte.

D as nächtliche schrille Läuten eines Telefons, das die Stille einer dunklen Wohnung durchdringt, hat grundsätzlich etwas Beunruhigendes. Insbesondere für Menschen, die durch dieses Geräusch aus dem Tiefschlaf gerissen werden.

Der Grund? Erfahrungsgemäß ist dieses Läuten häufig die Ankündigung sehr unangenehmer Nachrichten. Dies gilt natürlich insbesondere für pensionierte Kriminalbeamte, da diese Spezies während ihres beruflichen Lebens auf diesem unfreundlichen Wege häufig zu dienstlichen Einsätzen gerufen worden waren.

Erich Rottmann, Erster Kriminalhauptkommissar im Ruhestand und ehemaliger Leiter der Würzburger Mordkommission, durchträumte gerade eine heftige REM-Phase. Im Augenblick schlug er sich in seinem Traumbild mit einem Bocksbeutel herum, der sich absolut nicht öffnen lassen wollte, obwohl der Träumende nach dem Inhalt lechzte. Dabei quittierte die Flasche Rottmanns Bemühungen mit immer schriller werdenden Quietschgeräuschen, die seine Nerven zusätzlich malträtierten. Irgendwann gewann das schrille Quietschen die Oberhand und katapultierte den gequälten Schläfer unsanft in die Gegenwart. Rottmann riss die Augen auf und starrte benommen in die Finsternis. Sein erster halbwegs vernünftiger Gedanke kam aus dem konditionierten Unterbewusstsein und signalisierte: „Einsatz!" Mit Schwung schwenkte Rottmann die Beine über den Bettrand und stellte sich in die Senkrechte. Ein kurzer Blick zum beleuchteten Display seines Weckers teilte ihm mit: „3.12" Uhr. Erich Rottmann rieb sich die Augen, dann lauschte er in die Dunkelheit. Das Geräusch war verstummt. Der Wecker konnte es nicht gewesen sein, denn der weckte bei Bedarf mit einer schmetternden Blaskapellenversion des Frankenlieds, die Tote aufweckte. Blieb nur das Telefon. Er schüttelte den Kopf, um die restlichen Schleier aus seinem Gehirn zu vertreiben, dann sortierte er sich: Er war Erich Rottmann, befand sich seit Jahren in Pension und irgendwelche dienstlichen Telefonate gehörten schon lange der Vergangenheit an. Nachdem er jetzt aber schon mal wach war, schlüpfte er in seine Pantoffeln. Mit Schwung zog er sich seine abgerutschte Schlafanzughose nach oben über den Bauch, wo der Hosengummi knapp unterhalb der Brust einrastete und dadurch sicheren Halt fand. Rottmann schlurfte ins Wohnzimmer. Neben dem Türstock ertastete er den Lichtschalter. Obwohl das Licht vom Vorabend noch gedimmt war, musste er die Augen zusammenkneifen. Öchsle, gewissermaßen Rottmanns vierbeiniges Alter Ego, hob in seinem Körbchen verschlafen den Kopf und sah seinen Menschen vorwurfsvoll an. Rottmann nahm es schulterzuckend zur Kenntnis.

„Ich kann nichts dafür", brummelte er mit schlafrauer Stimme und räusperte sich. Das blinkende Rotlicht seines Telefons zeigte ihm einen versäumten Anruf und machte ihm klar, dass er sich das Läuten nicht eingebildet hatte. Schnaufend setzte er sich auf den Stuhl neben dem Beistelltisch, auf dem das Telefon stand. Er hob das Mobilteil von der Basisstation, das Display leuchtete auf. Auf Knopfdruck zeigte sich die Liste der zuletzt eingegangenen Anrufe. Registriert war ein Anruf um 3.11 Uhr. Es wurde eine lange Telefonnummer angezeigt, die Rottmann nichts sagte. Der Exkommissar stieß ein Schimpfwort aus. Er vermutete den Werbeanruf eines Callcenters aus dem Ausland, wie er sie in der letzten Zeit schon mehrmals bekommen hatte. Aber nie mitten in der Nacht! Diese Kerle wurden immer dreister! Er nahm sich vor, die Nummer am nächsten Tag in seiner Telefonanlage zu sperren, drehte sich um, löschte das Licht und marschierte wieder in Richtung Schlafzimmer. Er schüttelte den Kopf, schlug einen Haken und ließ sich in seinen Fernsehsessel fallen. Das ganze Theater hatte ihn hellwach gemacht. Seine Füße landeten auf dem Fußhocker, dann schnappte er sich die Fernbedienung seines Fernsehers und schaltete ihn ein. Er hoffte, die Berieselung mit irgendeinem geistlosen, realitätsfremden

Krimi würde ihn wieder herunterkommen lassen. Öchsle in seinem Korb stieß einen vernehmlichen Seufzer aus, drehte sich mehrmals um die eigene Achse, dann sank er wieder in Schlafstellung und schloss die Augen. Rottmann hatte gerade eine geeignete Sendung gefunden und fuhr den Ton ziemlich herunter, um sich einlullen zu lassen. Da zuckte er zusammen, da das Telefon erneut durch die Wohnung schrillte.

„Jetzt reichts aber!", knurrte er und fuhr wütend in die Höhe. Mit einem Blick erkannte er die dieselbe Nummer wie eben. Gereizt nahm er das Gespräch an, schrie aber sofort los: „Verflixt und zugenäht, was fällt Ihnen eigentlich ein, mich mitten in der Nacht mit Ihren Anrufen zu terrorisieren …!" Es trat ein Moment der Stille ein, weil Rottmann Luft holen musste, um Energie für eine weitere Schimpftirade zu aktivieren. In diesem Augenblick glaubte Rottmann aus dem Hörer ein Geräusch zu hören, das ihn veranlasste, seine rhetorische Kanonade zu unterlassen. Trotz eines leichten atmosphärischen Rauschens glaubte er ein Schluchzen identifizieren zu können. Etwas gemäßigter fuhr er fort: „Hallo …, hallo, wer ist denn da? Sie sprechen mit Erich Rottmann …, Erich Rottmann in Würzburg", fügte er noch hinzu, weil er angesichts der Nummer auf dem Display ziemlich sicher war, dass der Anruf aus dem Ausland kam. „Sie rufen jetzt schon zum zweiten Mal bei mir an. Mit wem spreche ich denn …?"

Wieder lauschte Rottmann angestrengt. Das Geräusch war jetzt eindeutig als Schluchzen zu identifizieren. Er stellte den Lautsprecher an, damit er besser verstehen konnte.

„Hallo, sprechen Sie doch mit mir! Wer sind Sie denn? Kann ich Ihnen irgendwie helfen?"

„E …, Entschuldigung", kam der erste verständliche Laut aus dem Hörer. „Bitte …, bitte, Erich, entschuldige, aber es ist etwas Schreckliches passiert! …" Neuerliches Weinen verhinderte wieder die Verständlichkeit der Sprache. Es handelte sich eindeutig um eine Anruferin. Jetzt war er vollständig wach! Wer war die fremde weinende Frau in der Leitung, die ihn so selbstverständlich duzte? Blitzschnell überlegte er. Es kam lautes Rascheln aus der Leitung, dann drang eine andere, klarere weibliche Stimme aus dem Hörer.

„Hallo, Herr Rottmann, entschuldigen Sie bitte den ungewöhnlichen Anruf. Hier spricht Leonie Siebenheilig aus Eibelsdorf. ... Die Weinprinzessin! ... Sie erinnern sich an mich? Ich habe Sie mit Ihrem Stammtisch vor einigen Wochen durch unseren Wengert geführt. Meine Mutter hat Sie vor ein paar Minuten schon einmal angerufen. Ihre Telefonnummer haben wir noch von Ihrem Besuch damals. Sicher haben wir Sie im Schlaf gestört. Wir halten uns gerade in den Vereinigten Staaten auf. Natürlich wissen wir, dass es einen mehrstündigen Zeitunterschied gibt ... aber wir befinden uns tatsächlich in einer echten Notsituation!"

Sie legte eine kurze Pause ein. Den vor einigen Wochen stattgefundenen Besuch des Stammtisches *Die Schoppenfetzer* in Eibelsdorf bei der Winzerfamilie Siebenheilig hatte Erich Rottmann noch bestens im Gedächtnis.

„Selbstverständlich kann ich mich erinnern", erwiderte er, „aber dein ungewöhnlicher Anruf wirft bei mir schon einige Fragen auf."

Sie hatten sich bei dem Besuch alle geduzt, das Mädchen hatte die Herren allerdings mit Sie angesprochen.

Er hörte im Hintergrund dumpfe Stimmen, offensichtlich wurde der Hörer zugehalten. Schließlich fuhr Leonie fort: „Tut mir leid, Herr Rottmann, aber meine Mutter kann im Moment nicht mit Ihnen reden. Sie ist im Augenblick fix und fertig. Ich werde Ihnen den Grund unseres Anrufs erklären. Meine Mutter und ich sind im Augenblick in Kalifornien."

Sie unterbrach sich. „Herr Rottmann, bitte haben Sie etwas Geduld, ich muss schnell etwas klären."

„Ich warte." Der merkwürdige Ablauf dieses Gesprächs hatte jetzt seine Neugierde geweckt. Er lehnte sich zurück und erinnerte sich: Es war kurz vor Beginn der Weinlese dieses Jahres gewesen, als Ron Schneider, einer der Gründerväter des Stammtisches *Die Schoppenfetzer*, seinen Stammtischbrüdern die Möglichkeit der Teilnahme an einer Weinbergswanderung durch die Eibelsdorfer Weinberge offerierte. Diese Einladung stammte von Gernot Siebenheilig, einem ihm gut bekannten Winzer. Die Führung würde Leonie, die Tochter des Winzers und im Augenblick örtliche Weinprinzessin, durchführen. Alle sagten ihre Teilnahme zu. Das Wetter war ausgezeichnet, die Erläuterungen der Weinprinzessin informativ und locker. Nach der Exkursion fanden sich alle Schoppenfetzer in bester Laune zu einer ordentlichen fränkischen Brotzeit in der rustikalen Probierstube des Weinguts ein. Lieselotte, die charmante Winzergattin, eine ausgebildete Sommelière, versorgte die Herren mit entsprechenden Informationen. Ein gecharterter Kleinbus brachte die Stammtischbrüder am späten Abend nach Würzburg, wo sie vor ihren Haustüren abgeliefert wurden.

Rottmann hörte ein Knacken in der Leitung und konzentrierte sich wieder auf die Anruferin.

„Hallo, Herr Rottmann, da bin ich wieder. Meine Mutter Lieselotte und ich sind mit ein paar anderen Weinprinzessinnen auf einer vom Weinbauverband organisierten Werberundreise in den Vereinigten Staaten. Wir wollen den Amerikanern unsere unterfränkischen Weine vorstellen. Meine Mutter begleitet uns als Sommelière." Sie unterbrach sich, im Hintergrund hörte Rottmann wiederum Gemurmel, schließlich fuhr Leonie fort: „Herr Rottmann, meine Mutter hat sich jetzt wieder ein bisschen gefasst und möchte gerne persönlich mit Ihnen sprechen …"

Kurz darauf hörte er wieder die zittrige weibliche Stimme vom Beginn des Gesprächs, die er nicht wiedererkannt hatte.

„Erich ... es tut mir so leid, dass ich dich mitten in der Nacht belästige ... aber ich ... ich weiß mir einfach nicht anders zu helfen." – Kurze Pause. Offenbar musste sie sich erneut sammeln. – „Wir haben vor einer knappen Stunde einen Anruf von einem Kommissar Deichler von der Kriminalpolizei in Würzburg bekommen, der uns beide in helle Aufruhr versetzt hat. Stell dir vor, Gernot, mein Mann, soll gestern Nacht in einem unserer Weinberge mit seinem Traktor schwer verunglückt sein!" Ein kurzer Schluchzer begleitete ihre Worte. Ehe Rottmann irgendwie reagieren konnte, fuhr sie fort: „Der Polizist hat gesagt, seitdem sei mein Mann verschwunden! Sie haben nach ihm gesucht, ihn aber nicht gefunden ... Den Spuren nach, die man am Unglücksort gefunden hat, muss er schwer verletzt sein. Trotzdem ist er ... wie vom Erdboden verschluckt! Das kommt mir alles so ... unwirklich vor! ... und wir sitzen hier in den USA und können nichts tun!" Ein neuerlicher Weinanfall erschütterte sie. „Erich ... bitte ... es ist einfach nur schrecklich! Bitte ... ich ertrage diese Ungewissheit nicht!"

Es knackte kurz, dann vernahm er wieder die Stimme von Leonie. „Herr Rottmann, meine Mutter kann leider nicht mehr." Rottmann hörte sie schwer durchatmen. „Wir wollen so schnell wie möglich nach Deutschland zurückkommen. Trotzdem wird es mindestens zwei Tage dauern, bis wir alles organisiert haben. Wir sind hier auf entlegenen Weingütern auf dem Land unterwegser nächste Flughafen ist weit weg.

Wir wissen, dass es eine Zumutung ist, aber meine Mutter wollte Sie fragen, ob Sie als ehemaliger Kriminalbeamter nicht so freundlich sein könnten, sich mit der Polizei in Würzburg in Verbindung zu setzen, um etwas Klarheit in die Sache zu bringen. Wir haben sonst keine Verwandten oder Freunde, die sich mit solchen Behördendingen auskennen. – Mein Vater muss doch irgendwo sein! Wie die Polizei sagte, ist der Unfall mit Vaters altem Traktor passiert. Das ist für uns eigentlich nicht vorstellbar, weil Vater dieses Museumsstück praktisch nie benutzt! Auf dem Weingut wohnt noch unser Winzer Reinhard Pleiner, ich kann ihn aber telefonisch nicht erreichen, weil er kein Handy besitzt. Er ist etwas kauzig und lehnt diese modernen Dinge radikal ab. Pleiner wohnt hinten im Hof in einer kleinen Einliegerwohnung, die mein Vater in der Scheune für ihn eingebaut hat." Sie schnaufte durch, dann fuhr sie fort: „Herr Rottmann, diese Ungewissheit ist schrecklich! Ich weiß, es ist eine Zumutung, aber könnten Sie mal zu unserem Weingut rausfahren und mit Pleiner reden? Vielleicht weiß er was …"

„Aber das hat die Kripo doch bestimmt bereits gemacht", erwiderte Rottmann.

„Der Beamte, der uns angerufen hat, sagte, er habe auf dem Gut niemand angetroffen. Das ist gut möglich. Pleiner ist etwas menschenscheu, aber eine treue Seele. Wenn die Polizei mit einem Streifenwagen auf den Hof gefahren ist, hat er sich mit Sicherheit verdrückt. Er wusste ja nicht, was die Beamten von ihm wollten." Kurze Pause. Als er nicht gleich antwortete, fuhr sie fort: „Herr Rottmann, bitte! Wir haben sonst niemand."

Erich Rottmann war klar, in dieser Situation konnte er nicht herumdiskutieren, die beiden Frauen erwarteten eine Antwort.

„Das mit deinem Vater tut mir sehr leid. Bei uns ist noch mitten in der Nacht, aber morgen früh werde ich mich mal in Eibelsdorf umsehen und versuchen, mit diesem Reinhard Pleiner Kontakt aufzunehmen. Gib mir bitte eine Handynummer, unter der ich euch erreichen kann."

Die junge Frau bedankte sich überschwänglich und diktierte ihm die Nummer ihres Mobiltelefons. Dann war das Gespräch zu Ende. Erich Rottmann starrte einige Zeit nachdenklich auf das Telefon. Er träumte nicht. Dieses Gespräch hatte tatsächlich soeben stattgefunden. Der Exkommissar war nun wirklich hellwach. Er legte das Telefon auf die Ladeschale und setzte sich wieder vor den Fernseher, der immer noch lief. Ihm schwirrten die verschiedensten Gedanken durch den Kopf. Im Augenblick konnte er nichts ausrichten. Gedankenlos zappte er sich durch das Nachtprogramm. Irgendwann kam die Schläfrigkeit wieder. Er legte seine nackten Füße auf einen Hocker und kippte den Sessel nach hinten. Sein Entschluss stand fest. Morgen Vormittag würde er mal zum Weingut Siebenheilig fahren, um sich dort umzusehen. Vielleicht konnte er ja zu diesem Reinhard Pleiner Kontakt aufnehmen. Als der Stammtisch dort eingeladen war, hatte er den Mann nicht zu Gesicht bekommen. Je nachdem, wie seine Recherchen ausfielen, würde er sich dann mal mit Florian Deichler unterhalten. Irgendwie hatte Rottmann bei der ganzen Angelegenheit ein merkwürdiges Gefühl. Der Instinkt des Exkriminalers, in vielen Dienstjahren geschärft, meldete sich und schickte warnende Signale. Wenig später registrierte Öchsle die leisen Schnarchgeräusche seines Menschen. Er legte den Kopf auf das Polster seines Körbchens und schlief ebenfalls wieder ein. Eine Stunde später ging der Fernseher automatisch auf Standby.

Der vierbeinige Wecker legte seinem Menschen den Kopf auf die Oberschenkel und stieß ein leises Fiepen aus. Die Tatsache, dass sein Herrchen die Nacht schlafend auf dem

Sessel verbracht hatte, verwunderte Öchsle nicht sehr. Gelegentlich kam es schon mal vor, dass es sein Mensch nach einem sehr intensiven Stammtisch nicht mehr ins Bett schaffte. Rottmann gab ein paar kurzintervallige Schnarcher von sich, die in ein mehrmaliges Schmatzen überleiteten, ehe der Schläfer schließlich mühsam seine Augen öffnete. Schnell war Rottmann wach und erinnerte sich an das nächtliche Telefonat. Ein Blick auf seine Armbanduhr sagte ihm, die Weckzeit war für einen Pensionär zwar etwas unchristlich, aber angesichts der Aufgabe, die er sich vorgenommen hatte, in Ordnung. Erich Rottmann erhob sich von seinem unbequemen Nachtlager und streckte sich. Seine Gelenke meldeten sich mit vernehmlichem Knacken zum Dienst.

„Alle Mann noch an Bord", brummelte Rottmann, dann fuhr er Öchsle zärtlich über den Kopf und steuerte zielstrebig sein Badezimmer an. Das nächtliche Telefonat klang in der Rückschau schon sehr alarmierend. Erich Rottmann griff nach der Zahnbürste. Sein Frühstück gestaltete sich als Sparversion. Fünfundzwanzig Minuten später war er startklar. Anschließend steckte er Bruyére und Autoschlüssel in seine Joppentasche und rief Öchsle. Das hätte er sich aber sparen können, denn als Rottmann sich der Wohnungstür näherte, stand der Rüde schon schwanzwedelnd davor. Selbstverständlich hatte die erfahrene Fellnase schon lange mitbekommen, dass etwas in der Luft lag. Rottmann öffnete die Wohnungstür und Öchsle spurtete an ihm vorbei. Der Exkommissar versuchte sein Garagentor möglichst lautlos zu öffnen, da die 44 PS des alten 1300er VW Käfers noch genug Lärm machen würden, um zu dieser frühen Stunde die Nachbarschaft zu erfreuen. Flott fuhr Rottmann aus der Garage. Das typische Käferknattern ließ sich allerdings nicht dämpfen. Eine Minute später rollte der Wagen durch die Rosengasse in Richtung Main. Öchsle hatte sich im Fußraum des Beifahrersitzes zusammengerollt. Er war dabei, alles andere war für ihn unwichtig. Wenig später lenkte Erich Rottmann das Fahrzeug mit spritzigen achtzig Stundenkilometern mainaufwärts. Der Exkommissar wollte den Besuch im Weingut kurzhalten, um den Frühschoppen am Stammtisch nicht zu versäumen. Zwanzig Minuten später erreichte der alte VW das Ortsschild Eibelsdorf. Rottmann bog kurz danach auf einen asphaltierten Wirtschaftsweg ab, der, wie er sich erinnerte, am Fuße der Weinberge entlang zum Weingut Siebenheilig führte. Das Grundstück wurde von einer gepflegten hüfthohen Hecke aus Hainbuchen und einem Holzzaun begrenzt. Rottmann lenkte seinen VW langsam an der Umgrenzung entlang, bis er zum breiten, offenen Eingangstor kam. Auf dem Hof war niemand zu sehen. Er parkte im Schatten einer Remise, in der zwei weitere Pkws standen, einer davon ein Liefer-Caddy. Auf seinen Seitenflächen war groß das Logo des Weinguts Siebenheilig angebracht, ein mehrteiliger Heiligenschein, der einen Bocksbeutel umschloss. Daneben stand ein knallgelber Kleinwagen. Außerdem ein moderner Weinbergtraktor mit allen Schikanen. Rottmann machte den Motor aus und öffnete die Fahrertür. Quer über den Fahrersitz sprang Öchsle hinter ihm her. Rottmann wollte schon schimpfen, aber dann stellte er fest, dass der Rüde zielstrebig eine Rasenfläche neben einer der Scheunen ansteuerte und dort an der Hauswand sein Bein hob.

„Verflixt, ich habe ganz vergessen den Knaben seine diversen Geschäfte erledigen zu lassen", brummelte Rottmann. Das zeugte davon, wie sehr ihn der nächtliche Hilferuf beschäftigte. Sonst passierte ihm das nicht! Er warf die Autotür zu und schlenderte langsam über den Hof. Obwohl er keine Hoffnung hatte, jemanden anzutreffen, drückte Rottmann auf die Türklingel, die gut sichtbar neben dem Eingang des

Wohnhauses angebracht war. Wie erwartet tat sich nichts. Kurz entschlossen wandte er sich der nahen Scheune mit dem großen hellen, hölzernen Schiebetor zu, das geschlossen war. Daneben befand sich eine normale Eingangstür. Erich Rottmann drückte die Klinke, die Tür sprang auf. Langsam trat er ein. Der Rüde hob die Schnauze und nahm die spezielle Witterung dieses großen Raumes in sich auf. Verteilt auf der Fläche standen ein großer Traktor und zwei Anhänger, außerdem verschiedene Gerätschaften, deren Bedeutung sich ihm nur bedingt erschloss. Das Scheunendach bestand teilweise aus lichtdurchlässigen Elementen, die eine angenehme Beleuchtung ermöglichten. Rottmann ging einige Schritte, dann blieb er wieder stehen.

„Hallo! Hallo … ist hier jemand?", rief er laut, dann lauschte er dem Hall seiner Stimme nach. Im hinteren Bereich der Scheune war eine Art großer Kubus eingebaut. Wie es schien, handelte es sich dabei um die Wohnung dieses Reinhard Pleiner. Rottmann konnte keinen Eingang erkennen. Er verließ die Halle durch eine zweite Tür, die in das Tor der Scheunenrückseite eingepasst war. Heller Sonnenschein empfing ihn. Jetzt konnte er auch erkennen, dass dieser Anbau gute sechs Meter über die Scheune hinausragte. Von hier aus wirkte er wie ein Bungalow mit einer fast durchgängigen Fensterfläche, vor der eine gefliese Veranda lag. Es schloss sich ein kleiner, aber gepflegter Garten an, der wiederum durch eine Buchsbaumhecke begrenzt wurde. Hier war auch der Eingang. Damals, beim Besuch der Schoppenfetzer im Weingut, hatten sie diesen Bereich gar nicht zu Gesicht bekommen. Ein Stück dahinter, jenseits einer weiteren offenen Hoffläche, konnte man das geöffnete Schiebetor zum Lager erkennen. Hier stapelten sich Weinkisten. Erich Rottmann betrat den Vorgarten über einen Plattenweg, der zur Veranda führte. Öchsle hielt sich dicht hinter seinem Herrchen. Der Exkommissar versuchte durch die breiten Fenster in den Wohnbereich zu sehen, wurde aber durch zugezogene Vorhänge behindert. Da sich an der Tür keine Klingel oder vergleichbare Einrichtung befand, klopfte er vernehmlich. Keine Reaktion. Er klopfte erneut und rief: „Hallo, Herr Pleiner, sind Sie zuhause? Ich bin hier im Auftrag von Frau Siebenheilig! Kann ich kurz mit Ihnen sprechen?" Sein Versuch blieb erneut erfolglos. Da bewegte sich einer der Vorhänge leicht. Öchsle begann vernehmlich zu knurren. Irritiert blickte Rottmann von seinem Hund zum Fenster. Da sprang im Inneren eine weiß-gelb gefleckte Katze auf das Fensterbrett und starrte sie mit gelben Augen durchdringend an.

„Öchsle, ganz ruhig", mahnte Rottmann, „der Stubentiger tut dir nichts."

Der Rüde gab noch ein paar maulende Laute von sich, dann setzte er sich ein Stückchen weg auf die Rasenfläche. Rottmann entschied sich, die Türklinke herunterzudrücken. Es war nicht abgeschlossen. Er spähte durch die offene Tür, dann betrat er kurzentschlossen den Raum. Sehr zum Unmut der Katze, die einen fauchenden Laut von sich gab und mit weiten Sätzen in den Tiefen der Wohnung verschwand. Öchsle hatte den Stubentiger gehört und war mit wenigen Sprüngen neben seinem Menschen. Rottmann packte ihn am Halsband, dann meldete er sich nochmals.

„Herr Pleiner! Hallo! Sind Sie zuhause? – Entschuldigen Sie bitte, dass ich so einfach Ihre Wohnung betrete … aber es ist wichtig!"

In diesem Augenblick hörte er das Klingeln des Perlenvorhangs, der in der Ecke zwei Räume voneinander trennte. Sekunden später sah Rottmann den Doppellauf einer Schrotflinte auf sich gerichtet. Unwillkürlich hielt er den Atem an und spannte seinen Körper. Dem Flintenlauf folgte eine Hand, die den Vorhang teilte. Schließlich schob sich die untersetzte Gestalt eines Mannes durch die Perlenschnüre. Auf dem Kopf trug er eine speckige Schildmütze, unter deren Rand lange Büschel von graumelierten Haaren hervorschauten. Sein Gesicht war bedeckt von einem grauen, wild wuchernden Vollbart, der schon seit einiger Zeit nicht mehr rasiert worden war. Sein blau kariertes, kurzärmeliges Flanellhemd steckte in einem verwaschenen Blaumann, an den Füßen trug er halbhohe Gummistiefel. Er hatte breite Schultern, ungefähr Rottmanns Körpergröße, war aber schlanker. Sein wettergegerbtes Gesicht zeigte reichlich Falten, die von einem häufigen Aufenthalt unter freiem Himmel zeugten. Mit zusammengekniffenen Augen fixierte er den unbekannten Eindringling und seinen Hund. Während seiner eindringlichen Musterung machte der Mann eine auffordernde Bewegung mit der Schrotflinte und knurrte dabei unfreundlich:

„Los, heb dei Griffel hoch! Ich will dei Händ säh!" Langsam krochen die Hände des Exkommissars auf Höhe seiner Schultern. Öchsle, der den Mann aufgrund seines Tonfalls und seines Verhaltens als potentielle Gefahr einstufte, begann vernehmlich zu knurren. Der Lauf der Schrotflinte senkte sich langsam ein Stück und die beiden Mündungen zeigten nun auf den Vierbeiner.

„Bass uff, dass dei Köder kenn Blödsinn macht!", warnte der Mann scharf. „Wenn ich abdrück, gibt's a ziemliche Sauerei!"

„Herr Pleiner, bitte, nehmen Sie die Waffe herunter. – Sie sind doch Herr Pleiner?" Da er keine Antwort erhielt, fuhr er fort: „Entschuldigen Sie bitte nochmals mein eigenmächtiges Eindringen hier in Ihre Wohnung. Mein Name ist Rottmann, Erich Rottmann. Frau Siebenheilig, die sich, wie Sie wissen, zurzeit in Amerika aufhält, hat mich von dort angerufen und mich gebeten, mich um den Unfall ihres Mannes zu kümmern. Herr Siebenheilig ist heute früh laut Polizei mit einem Traktor oben in den Weinbergen verunglückt. Frau Siebenheilig ist extrem beunruhigt, weil man ihren Mann an der Unfallstelle nicht gefunden hat. Er ist angeblich wie vom Erdboden verschluckt. Nachdem sie Sie nicht erreichen konnte, hat sie mich gebeten, mich hier mal vor Ort zu erkundigen."

Rottmann beobachtete sein Gegenüber, aber der Mann zeigte keinerlei Reaktion. Schließlich fuhr er fort:

„Es gibt laut Polizei Blutspuren, die darauf hinweisen, dass er erheblich verletzt ist. … Jetzt wollte ich Sie fragen, ob Sie wissen, wo sich Ihr Chef aufhält." – Kurze Pause. – „Wissen Sie, ich bin pensionierter …" Fast hätte er „Kriminalbeamter" gesagt, überlegte es sich aber im letzten Augenblick anders. „… Beamter, im Ruhestand. Die Familie Siebenheilig kenne ich von einer Weinprobe. Weil ich als Pensionist halt Zeit habe, hat sie mich von Amerika aus angerufen. Die beiden Frauen sind extrem beunruhigt! Ich würde beiden sehr gerne helfen." Rottmann konnte jetzt die Warnung der Frauen nachvollziehen. Misstrauen war eine sanfte Beschreibung für das Verhalten des Mannes. Nach einer Weile der Sprachlosigkeit fragte sich Rottmann, ob der Mann vor ihm zur Salzsäule erstarrt war. Pleiner stand wie festgemauert und fixierte ihn über den Gewehrlauf hinweg. Der Exkommissar verspürte ein mulmiges Gefühl, vor allen Dingen weil der Mann den Finger am Abzug hatte.

„Tun Sie mir doch den Gefallen und nehmen Sie die Flinte weg. Sie können mir glauben, ich bin völlig harmlos. Wie schnell kann sich aus Versehen ein Schuss lösen! Das wollen Sie doch sicher nicht!"

Rottmann zuckte zusammen, als Pleiner plötzlich eine ruckartige Bewegung machte, die Flinte am Lauf packte und den Schaft neben sich auf den Boden aufsetzte.

„Die Knarre is sowieso nit gelade", brummelte er und lehnte die Flinte in eine Ecke. Aufatmend entspannte sich Rottmann und Öchsle wedelte vorsichtig mit der Schwanzspitze.

„Herr Pleiner", begann Rottmann vorsichtig, weil er die Stimmung seines Gegenübers noch nicht richtig einschätzen konnte, „ich wäre Ihnen sehr dankbar, wenn Sie mir einige Fragen beantworten könnten."

„Ich bin der Pleiner", entgegnete der Mann schroff und zog dabei seine Mütze vom Kopf. Dadurch wurde Haarwuchs freigesetzt, der oben auf dem Kopf aus einzelnen, wirr durcheinanderstehenden, dünnen grauen Einzelhaaren bestand, im Nacken aber dichter und länger war. Diese versuchten verzweifelt, irgendwie dem Anspruch an eine Frisur gerecht zu werden.

„Kee Mensch nennt mich Herr Pleiner."

„Also gut, Pleiner, dann bin ich der Erich." Rottmann war jede Möglichkeit recht, dem Mann ein bisschen näherzukommen.

„… ich hab der Liesel gleich gsacht, des mit Amerika is a Schnapsidee", fing Pleiner unaufgefordert an zu reden, wobei er sich auf einen Stuhl fallen ließ, der an einem Tisch stand. Es war eigentlich mehr ein Selbstgespräch als eine Unterhaltung, denn er saß da, blickte auf die Tischplatte und brabbelte vor sich hin. „Der Gernot war aa dageeche. Mir ham hervorraachende Weine un mer ham guude Kundschaft. Solle die Amis doch ihr eichene Blörre sauf!"

Erich Rottmann versuchte irgendwie das Gespräch wieder auf den Unfall und den Verbleib des Winzers zu lenken. Er ließ sich ebenfalls auf einen Stuhl nieder, Pleiner gegenüber.

„Hast du mitbekommen, wie der Gernot heute Nacht mit dem alten Traktor losgefahren ist? … und hast du eine Ahnung, warum?"

„Heut früh war scho die Polizei aufm Hof un ham rumgschnüffelt. Die ham mich awwer nit gfunne." Er stieß ein keckerndes Lachen aus. Unvermutet hieb er mit der flachen Hand auf die massive Tischplatte, so dass Öchsle einen erschrockenen Satz zur Seite machte und einen hohen Kläffer ausstieß. „Die sinn dann ziemlich schnell widder abghaut."

Spontan stand Pleiner wieder auf. In sich gekehrt starrte er eine Weile vor sich hin, dann nickte er. „Ich hab gleich gsacht, wenn mer unsern Wein an die Amis verrät, dann bringt des Unglück! Der Schorsch, unner Kellermäster, hat des aa gsacht."

Jetzt sah Rottmann eine Möglichkeit einzuhaken.

„Apropos Kellermeister. Georg wie ...? Kann ich den auch mal sprechen?"

Pleiner schüttelte heftig den Kopf. „Der Schorsch, Georg Hauserzettl hässter, will aa amal a paar Daach Urlaub mach, solang die Chefin nit da is, hat er mir verzählt ... Ich habn scho seit a paar Daach nimmer gsenn. Wohne tut er in so ennere Datsche owe im Wald. Die steht uffm Grund vom Weingut. Der Chef hats em damals angebote."

Er nickte wiederholt, als müsse er sich etwas bestätigen, dann drehte er sich unvermittelt um und verließ den Raum durch den Perlenvorhang, ohne Rottmann noch einmal irgendwelche Beachtung zu schenken. Der Exkommissar blieb noch sitzen, weil er dachte, Pleiner würde wieder zurückkommen. Nach einigen Minuten begann er allerdings daran zu zweifeln.

„Pleiner ...?", rief er laut. „... Pleiner, ich hätte da noch ein paar Fragen ..." Nur die Stille antwortete ihm. „Wirklich, komischer Kauz", stellte Rottmann halblaut fest und erhob sich. Er teilte den Perlenvorhang und spähte in das angrenzende Zimmer. Ein ungemachtes Bett, zwei Stühle, ein Tisch und ein großer Eichenschrank, auf dem Boden ein abgewetzter

Sisalteppich waren das wesentliche Inventar. Der Boden bestand aus massiven geölten Dielen. An den Wänden hingen mehrere Fotos, auf denen Soldaten in Kampfuniformen abgelichtet waren, die mit Gewehr in der Hand für die Kamera posierten. Auf mehreren der Bilder glaubte er den jungen Pleiner zu erkennen. Auf dem Bett und auf dem Boden lag verstreut schmutzige Wäsche. Von Pleiner keine Spur. Rottmann kratzte sich am Kopf. In dem Raum gab es keine weitere Tür. Allerdings war ein großes Fenster offen, das in Richtung Wohnhaus zeigte. Davor stand ein niedriger Schemel. Der Typ musste seine Wohnung durch das niedrige Fenster verlassen haben. Sicher kein Problem, da man draußen sofort ebenerdig aufkam. Vermutlich hatte Pleiner diesen Weg schon öfter benutzt. Rottmann schüttelte den Kopf. Wirklich ein Sonderling! Er zog sich wieder ins Wohnzimmer zurück. Er hatte nicht vor, Pleiner zu suchen. Bevor er die Wohnung verließ, schnappte er sich die Schrotflinte und öffnete den Verschluss, indem er sie abknickte. Sie war ungeladen, der Schlawiner hatte tatsächlich nur geblufft. Nach kurzem Zögern stellte er sie wieder zurück. Das war nicht sein Problem.

Auf dem Weg zu seinem Auto traf er keine Menschenseele. Wahrscheinlich hatte sich der Alte irgendwo auf dem Weingut verkrochen. Öchsle sprang an seinen Platz im VW und Rottmann tuckerte vom Hof. Eigentlich wollte er ja noch die Unfallstelle im Weinberg ansehen. Er hatte ja keine Chance mehr gehabt, Pleiner danach zu fragen. Rottmann war sich sicher, die Dorfbewohner hatten die Polizeiaktion in der Nacht mitbekommen. Nachrichten dieser Art verbreiteten sich in einem unterfränkischen Dorf wie ein Lauffeuer. Es durfte also nicht allzu schwer sein, jemanden zu finden, der ihm erklären konnte, wie er zu der Unfallstelle hinkam. In dem Moment erklangen Kirchenglocken. Er warf einen Blick auf seine Uhr.

Zehn Uhr, an einem Werktag? Vielleicht eine Andacht oder ein Requiem? Rottmann lenkte seinen Käfer in Richtung Kirchturm, der deutlich sichtbar die übrige Bebauung überragte. Wenig später stieß er auf drei schwarz gekleidete Frauen, die von der Kirche kommend in Richtung Dorfmitte unterwegs waren. Rottmann hielt am Straßenrand an und kurbelte das Fenster herunter.

„Entschuldigung, die Damen. Sie können mir doch sicher sagen, wie ich zu dem Weinberg komme, wo heute Nacht ein Traktor abgestürzt ist."

Die Frauen sahen erst sich und dann den Fragesteller ernst an. „Eine schlimme Sach", erklärte eine der drei, die einen altmodischen Haarknoten trug, und bekreuzigte sich. Die anderen beiden musterten Rottmann von Kopf bis Fuß, dann henkelten sie sich unter und marschierten wortlos weiter. Ihre Geschlechtsgenossin zögerte kurz, dann entschied sie, dass sie den Fragesteller nicht so einfach stehen lassen konnte. Sie machte einen Schritt in Richtung Bordstein, dann wies sie nach oben in eine bestimmte Richtung außerhalb der Bebauung, wo man Weinberge erkennen konnte.

„Da vorne die brääte Teerstraß nuff, bis der oberste Wengertsweech abgeht. Eefach links weider, bis zur Figur vom heilige Vitus. Dann sehe Ses scho." Sie nickte knapp, dann drehte sie sich um und beschleunigte, damit sie die beiden Vorauseilenden noch einholen konnte. Rottmann setzte sich wieder hinters Steuer und folgte dem angegebenen Weg. Der alte Käfer hatte selbst im ersten Gang ganz schön zu kämpfen, um die Steigung zu bewältigen. Nachdem er den obersten Weg erreicht hatte, ging es wieder deutlich flotter, da dieser Weg quer zum Hang verlief und den Weinberg nach oben begrenzte, danach kam Wald. Nach wenigen hundert Metern sah er rechter Hand eine Buntsandsteinfigur auf einem hohen

Sockel, den heiligen Vitus. Neben der Figur stand eine Ruhebank. Sofort entdeckte er linker Hand die Verwüstung der Rebstöcke, die aussahen, als hätte sie ein Riese plattgewalzt. Der Exkommissar stellte seinen Käfer ab und verließ, gefolgt von Öchsle, das Fahrzeug. Einen Moment musterte er die Heiligenfigur. Sie war von Regen und Wind ziemlich in Mitleidenschaft gezogen. Eine eingemeißelte Inschrift war nicht mehr klar erkennbar. Erich Rottmann stellte sich an den Rand des Weinbergs und blickte die Steillage hinab. Von dem abgestürzten Traktor war natürlich nichts mehr zu sehen. Den hatte die Spurensicherung längst geborgen und für die technische Untersuchung sichergestellt. Es waren mittlerweile Wolken aufgezogen und es wehte ein strammer Wind. Rottmann stöhnte kurz, dann begann er langsam, seitwärts den Hang hinunterzusteigen. Schon nach wenigen Metern war ihm klar, dies war absolut keine altersgemäße Betätigung für Pensionisten. Er hielt sich an intakten Pfählen fest und erreichte so, mehr rutschend als gehend, die Stelle, wo das Unfallfahrzeug gelegen haben musste. Öchsle war ihm neugierig gefolgt. Mit seinem Vier-Pfoten-Antrieb hatte der Rüde natürlich keine Probleme. Vergnügt schnüffelte er in der Gegend herum, bis er an einer bestimmten Stelle verharrte und leise zu fiepen begann.

„Na … mein Junge … was hast du denn gefunden?", wollte Rottmann etwas atemlos wissen und näherte sich dem Platz. Sofort entdeckte er einen weitgehend eingetrockneten rostroten Fleck von der Größe eines seiner Badetücher. Eindeutig Blut! Einige große, blau-lila schillernde Schmeißfliegen umschwirrten die beiden Lebewesen, die sie bei der Eiablage störten. Rottmann war klar, jemand, der einen derartigen Blutverlust erlitten hatte, musste schwer verletzt sein. Der Exkriminaler wusste, die Spurensicherung hatte hier alle verwertbaren Spuren gesichert. Er hatte sich ja auch nur einen persönlichen Eindruck verschaffen wollen. Rottmann schwor drauf, Plätze, wo ein Mensch schwer verletzt oder getötet wurde, hatten eine besondere Aura. Langsam kämpfte sich Erich Rottmann wieder den Hang hinauf. Oben angekommen, setzte er sich erst mal auf die Bank und schnaufte durch. Öchsle ließ sich neben ihm nieder. Rottmann machte sich nicht die Mühe, die nähere Umgebung nach weiteren Hinweisen abzusuchen. Das hatten die Kollegen sicher gründlich gemacht. In solchen Fällen wurden bei der Suche auch Hubschrauber mit Wärmebildtechnik eingesetzt. Wenn Gernot Siebenheilig hier in der Nähe gelegen hätte, wäre er auch gefunden worden. Etwas mysteriös, die Sache!

Nach kurzer Erholungspause stiegen Herr und Hund wieder in den Käfer und tuckerten gemächlich ins Tal hinunter. Für den Stammtisch war es leider zu spät, aber die Zeit war günstig, um bei kompetenter Stelle ein paar Erkundigungen einzuholen. Während der Fahrt verspürte Rottmann plötzlich in seiner Nase das vertraute Kribbeln, das ihm sagte, dass ihm ein Kriminalfall ins Haus stand.

Der Mann saß am Fenster im Dachgeschoss seines Hauses und spähte durch das Okular seines Fernglases, das ihm mit zwölffacher Vergrößerung die Objekte seines Interesses nahebrachte. Er registrierte jede Bewegung auf dem Weingut, jeden Besucher, jede Aktivität des verbliebenen Bewohners. Wann immer es ihm angezeigt erschien, schoss er mit dem leistungsfähigen Teleobjektiv Bilder. Seit Tagen befand er sich im Zustand ständiger Erregung. Seit die Person seiner Passion diese verdammte Reise angetreten hatte, konnte er kaum noch schlafen. Er hatte es nicht verhindern können. In seinen Gedanken malte er sich stündlich die wüstesten Szenarien aus, in denen die Frau seiner Leidenschaft in lustvoller Vereinigung mit diversen Männern eine Hauptrolle spielte. Sobald sie zurückkam, würde er seine Pläne noch gezielter verwirklichen. Er war sich sicher, sie wartete in ihren geheimsten Träumen nur auf ihn. Sicher würde sie ihm total verfallen, wenn sie merkte, wie sehr er sie verehrte. Sein Blick glitt über die Ausrüstung, die er hier zusammengestellt hatte und die ihm die Realisierung seiner Vorhaben ermöglichen würde. Trotz aller Begierde musste er überlegt vorgehen.

Um in solchen Fällen eine vernünftige Auskunft zu erhalten, gab es für Rottmann nur eine kompetente Quelle. Er wusste ja von Lieselotte Siebenheilig, dass sein Freund und Nachfolger im Amt, Florian Deichler, im Rahmen des Kriminaldauerdienstes mit dem Unfall befasst worden war. Deichler reagierte manchmal etwas empfindlich, wenn er das Gefühl hatte, sein ehemaliger Chef kriminalisiere mal wieder in seinen Fällen herum. Aber gutmütig, wie er war, gab er Rottmann dann doch meistens die erbetenen Auskünfte.

Wie Erich Rottmann wusste, saß Deichler gerne während der Mittagspause auf dem Unteren Markt vor der Marienkapelle und gönnte sich eine „Geknickte". Eine durchgebrochene Bratwurst im Weck mit Senf. Für Rottmann eine ausgezeichnete Gelegenheit, Deichler „ganz zufällig" dort zu treffen, um ihm ein wenig auf den Zahn zu fühlen. Dabei konnte er sich ebenfalls eine Wurst zu gönnen, um seinem Kräfteverfall entgegenzuwirken. Es war kurz nach zwölf, als Rottmann mit seiner Bratwurst über den Marktplatz schlenderte. Schon von weitem sah er Deichler auf einer der Bänke sitzen. Öchsle, wie immer dicht bei seinem Menschen, erkannte Deichler ebenfalls und trabte freudig auf den Kriminalbeamten zu. Der war offenbar so tief in Gedanken versunken, dass er die beiden nicht bemerkte. Als der Rüde ihn überraschend mit der

Schnauze anstieß, fuhr er zusammen und kehrte abrupt in die Gegenwart zurück.

„Ja Erich, servus", begrüßte er seinen ehemaligen Chef, während er sich schnell den Rest des Brötchens in den Mund schob, um die Hände frei zu haben, damit er Öchsle streicheln konnte. Automatisch rutschte er ein Stück zur Seite, um für Rottmann Platz zu machen.

„Grüß Gott, Florian", grüßte Rottmann und ließ sich neben dem Kriminalbeamten auf die Bank nieder. „Du erlaubst doch."

„Tu dir keinen Zwang an", erwiderte Deichler, während er Öchsle zwischen den Ohren kraulte. „Schon längere Zeit nicht mehr gesehen. Alles in Ordnung bei dir?"

„Kann nicht klagen …", gab Rottmann kauend zurück. „… und bei dir? Viel zu tun? Wenn ich ehrlich bin, siehst du aus, als hättest du eine harte Nacht hinter dir. Ist da vielleicht eine neue Freundin im Spiel?", stichelte er.

Deichler sah ihn schräg von der Seite an. „Du kannst vielleicht Fragen stellen! Wenn's nur so wäre … Seit über einer Woche habe ich KDD, weil einige Kollegen erkrankt sind und andere Überstunden abfeiern. Du kennst das doch. In solchen Situationen müssen halt alle ran."

Erich Rottmann nickt verständnisvoll. „Was Besonderes los?" Er bemühte sich um einen möglichst beiläufigen Tonfall, um den Freund nicht misstrauisch zu machen.

Deichler zuckte mit den Schultern. „Erst sind in der Sanderstraße zwei stark betrunkene Partygänger wegen eines Mädchens aufeinander losgegangen. Alles halb so schlimm, hätte nicht einer der beiden ein Messer gezogen und es dem anderen in den Hintern gestochen. Also ein Fall für die Kripo. Kaum hatten wir den einen im RTW und den anderen in Handschellen auf dem Weg zur Ausnüchterungszelle, ging der nächste Alarm ein."

Rottmann wischte sich mit einer Serviette den Bart ab.

„Wieder eine Schlägerei?"

Deichler schüttelte den Kopf. „Nein, eine ganz komische Sache. Eine Streife wurde zu einem Unfall in einem Weinberg bei Eibelsdorf gerufen. Ein Traktor war einen Weinberg runtergestürzt, hatte sich dabei mehrmals überschlagen und jede Menge Rebstöcke niedergewalzt. Das Mysteriöse daran, die Kollegen haben zwar am Unfallort eine große Blutlache, aber keinen Fahrer gefunden. Wir haben dann bis in die Morgenstunden alles aufgenommen. Der Blutmenge nach muss der Fahrer schwerste offene Verletzungen davongetragen haben. Mit Hund und einem mit Wärmebildkameras ausgerüsteten Hubschrauber haben wir die ganze Umgebung rund um die Unfallstelle großflächig abgesucht. Ergebnislos. Den ganzen Umständen nach kann eine Gewalttat nicht ausgeschlossen werden, also sind wir, die Mordkommission, für die weiteren Ermittlungen zuständig."

„Was sagt die Familie dazu?"

Deichler zuckte mit den Schultern. „Auf dem Hof war niemand. Den Arbeiter, der dort laut Auskunft der Nachbarn wohnen soll, haben wir nicht angetroffen. Dorfbewohner haben uns dann erzählt, die Frau und die Tochter des Winzers, übrigens die Weinprinzessin von Eibelsdorf, würden sich im Augenblick in den USA aufhalten. Vom Bürgermeister haben wir dann die Handynummer von Leonie Siebenheilig bekommen. Die beiden habe ich dann in Kalifornien erreicht. Sie brechen sofort die Reise ab und kommen so schnell wie möglich zurück nach Deutschland." Deichler stützte sich mit beiden Händen neben seinen Oberschenkeln auf die Bank auf, dabei sah er Rottmann von der Seite her an.

„Entschuldige, Erich, ich quatsche dich mit meinen Problemen voll." Er machte Anstalten, sich zu erheben. „Werde mich mal wieder hinter meinen Schreibtisch quetschen. Meine Mitarbeiter telefonieren gerade alle Krankenhäuser im Landkreis ab. Den Bürgermeister haben wir gebeten, seine Mitbürger aufzurufen, sich an der Suche nach Gernot Siebenheilig zu beteiligen. Unterstellen wir mal, dass er den Traktor gefahren hat, dann muss er doch schließlich irgendwo abgeblieben sein."

Erich Rottmann machte ein nachdenkliches Gesicht. „Ihr habt den Oldtimer doch sicher untersuchen lassen. Wurde an ihm herummanipuliert?" Im selben Moment, in dem Rottmann die Frage herausgerutscht war, hätte er sich am liebsten auf die Zunge gebissen. Erich, du bist ein Idiot, fuhr es ihm durch den Kopf. Da drehte sich Florian Deichler auch schon langsam um und sah seinen Sitznachbarn sehr eindringlich an. Deichler war zwar müde, aber sein Verstand arbeitete noch immer glasklar.

„Sag mal, Erich", fragte er leise, „woher weißt du, dass der Traktor ein Oldtimer ist? Ich habe davon kein Wort erwähnt!"

Erich Rottmann bemühte sich um eine möglichst gleichgültige Miene. „Hab ich Oldtimer gesagt …?"

Von Florian Deichlers Müdigkeit war nichts mehr zu merken. Auf seiner Stirn bildete sich eine steile Zornesfalte. Mit erhobener Stimme fuhr er fort: „Erich Rottmann, weiß der Himmel, wie du schon wieder von diesem merkwürdigen Unfall erfahren hast. Ich kann dir nur eins sagen: Lass die Finger von dieser Sache! Das ist einzig und allein ein Fall für die *aktiven* Beamten der Kriminalpolizei! „aktiven" betonte er so laut, dass die Leute auf den Nachbarbänken aufmerksam wurden und neugierig herübersahen.

Ein älterer Herr in Begleitung einer Dame sagte so laut, dass Rottmann es hören konnte: „Es ist eine Unverschämtheit, wie heutzutage Söhne mit ihren Vätern sprechen!"

Rottmann grinste die beiden an und nickte freundlich.

„Da hast du's gehört, mein Sohn!"

Deichler verdrehte die Augen.

„Mein Gott, Florian", fuhr Rottmann, wieder ernst geworden, mit gesenkter Stimme fort, „unser Stammtisch kennt halt die Winzerfamilie Siebenheilig von einer Weinprobe, an der wir vor einigen Monaten teilgenommen haben. Du kannst dir vielleicht vorstellen, wie ich dumm geschaut habe, als heute, mitten in der Nacht, mein Telefon läutete und Lieselotte und Leonie Siebenheilig aus USA anriefen. Zuerst habe ich nur Bahnhof verstanden, weil die Frau völlig aufgelöst war und nur weinte. Irgendwann habe ich dann kapiert, dass sie von einem Kriminalbeamten namens Deichler aus Würzburg angerufen wurden, weil der Ehemann beziehungsweise Vater Gernot Siebenheilig verunglückt sei. Anscheinend hast du nur spärliche Erklärungen abgegeben, jedenfalls waren die beiden völlig durch den Wind. Frau Siebenheilig wusste ja, welches Amt ich früher innehatte. Bei der Weinprobe haben wir alle von unseren früheren Berufen gesprochen. Sie hat mich dann inständig gebeten, ich möge, gewissermaßen als Vertrauensperson, mal nach Eibelsdorf fahren und mich vor Ort umsehen, was da Sache ist. Um die beiden Frauen zu beruhigen, habe ich mich dann halt breitschlagen lassen."

Florian Deichler schüttelte nur den Kopf. „Erich, du machst mich noch wahnsinnig!"

„Mein Gott, Florian, die Frau war völlig aus dem Häuschen. Sie wollte doch nur das Gefühl haben, sofort etwas unternommen zu haben. Ich weiß doch, wie knapp solche Informationen ausfallen, wenn die Kripo Angehörige unterrichtet. Aus ermittlungstechnischen Gründen ist das ja auch sinnvoll. Ich habe es früher ja auch nicht anders gehandhabt. Trotzdem wäre es schön, wenn du mich ein bisschen auf dem

Laufenden halten würdest. Versprochen, ich werde dir in deine Ermittlungsarbeit sicher nicht reinpfuschen! … und wenn ich was erfahre, was du wissen solltest, werde ich es dir selbstverständlich weitergeben." Rottmann sah Deichler treuherzig an.

„Diesen Blick hast du dir von Öchsle abgeguckt", stellte der Kriminalbeamte fest, musste dabei aber grinsen. „Also gut, dann mach, was du nicht lassen kannst, du tust es ja eh. Aber …", er wurde wieder ernst, „… nur, wenn du mir nicht in die Quere kommst. – Sonst stecke ich dich in die Ausnüchterungszelle und werfe den Schlüssel weg!" Schwungvoll stand Deichler auf, streichelte Öchsle kurz das Fell, hob die Hand zum Gruß und marschierte davon.

Erich Rottmann stieß vernehmlich die Luft aus. Das war knapp! Da hätte nicht viel gefehlt und er hätte den Florian richtig verärgert. Wie konnte ihm nur der Lapsus mit dem Oldtimer passieren? War ihm einfach so rausgerutscht. Er musste besser aufpassen!

„Rottmann, Rottmann, du wirst langsam alt", brummelte er vor sich hin und erhob sich. Er warf einen Blick auf seine Armbanduhr. Jetzt könnten Mutter und Tochter Siebenheilig bereits in der Luft sein. Bei der Alten Mainbrücke bog er zur Uferpromenade ab. Er würde mit Öchsle noch einen kleinen Spaziergang entlang des Mains machen und dann die heimischen Gefilde aufsuchen. Beim genauen Hinhören konnte er in der Ferne deutlich den sehnsüchtigen Ruf seines Sofakissens vernehmen. Ein kleines Nickerchen konnte sicher nicht schaden. Den Abendstammtisch wollte er auf keinen Fall versäumen.

Zuhause angekommen, stach ihm sofort das aufgeregte Blinken seines Anrufbeantworters ins Auge. Während Öchsle am Wassernapf seinen Durst löschte, hörte Rottmann die Nachricht ab.

„Hallo, Herr Rottmann, hier spricht Leonie Siebenheilig. Schade, dass ich Sie nicht persönlich antreffe. Wir hätten vor unserem Abflug natürlich gerne gewusst, ob Sie Neuigkeiten von meinem Vater haben. Kann man nichts machen. Dann informiere ich Sie darüber, dass meine Mutter und ich in vierzehn Stunden einen Direktflug von San Francisco nach Frankfurt am Main buchen konnten. Schneller ging es nicht. Der Flug dauert ungefähr elf Stunden, in denen wir nicht erreichbar sind. Wir werden also voraussichtlich übermorgen circa vierzehn Uhr deutscher Zeit in Frankfurt/Main

landen und dann sofort mit einem Mietwagen nach Hause fahren. So bald wie möglich werden wir uns wieder bei Ihnen melden." Sie verabschiedete sich und legte auf. Erich Rottmann runzelte die Stirn. Bis zur Rückkehr der zwei Frauen waren wahrscheinlich keine großartigen Neuigkeiten in dem Fall Gernot Siebenheilig zu erwarten. Es sei denn, der Vermisste selbst oder seine Leiche tauchten plötzlich auf. Große Hoffnungen, der Winzer könnte noch leben, hatte er bei Berücksichtigung der Gesamtumstände nicht. Rottmann legte sich auf die Couch. Öchsle in seinen Korb. Es dauerte eine Weile, ehe der Exkriminaler einschlafen konnte, da ihm viele Gedanken durch den Kopf schwirrten.

Erich Rottmann sah keinen Grund, seinen Schoppenbrüdern beim abendlichen Stammtisch die wesentlichen Ereignisse um den Unfall von Gernot Siebenheilig vorzuenthalten. Morgen würde es sowieso in der Mainpostille stehen. Allerdings tat er so, als hätte ihm Florian Deichler diese Informationen gegeben. Den nächtlichen Anruf und seinen Besuch im Weingut erwähnte er nicht.

Reinhard Pleiner saß etwa um drei Uhr in der Nacht im unbeleuchteten Wohnzimmer seiner Wohnung. Das schwache Licht des abnehmenden Mondes genügte ihm, um den Hof zu überwachen. Jede Einzelheit der Gebäude war ihm bekannt. Er hatte die Dauerbeleuchtung des Weinguts ausgeschaltet. Die hier und da angebrachten Scheinwerfer waren aber noch aktiv, sie wurden durch Bewegungsmelder ausgelöst. Pleiner hielt Wache. Man hätte auch sagen können, er lag auf der Lauer. Am Tisch angelehnt stand griffbereit seine Schrotflinte, jetzt aber geladen. Im Gürtel steckte ein großkalibriger Revolver, mit sechs Patronen bestückt. Pleiner besaß die beiden Waffen illegal. Die Flinte hatte er samt Munition von einem jungen Bauern gekauft, der sie und zwei Schachteln Munition nach dem Tod seines Vaters im Dachboden versteckt gefunden hatte.

Pleiner und Gernot Siebenheilig waren fast gleich alt. Allerdings hatte die Zeit im Krieg bei Pleiner tiefe Spuren hinterlassen, die ihn älter erscheinen ließen. Sie waren Schulkameraden gewesen und fingen beide nach der Schule eine Ausbildung zum Winzer an. Irgendwann brach Pleiner dann die Lehre ab, weil er sich durch das geregelte Leben und Lernen zu sehr eingeengt fühlte. Ihm stand der Sinn nach Abenteuer. Daher verpflichtete er sich freiwillig zur Bundeswehr, ging nach der Grundausbildung auf Auslandseinsätze und fand dabei am Kriegshandwerk Gefallen. Irgendwann drehte er einige krumme Dinger und wurde entlassen. Danach schloss er sich einer Gruppe von Freischärlern an, die im Afghanistankrieg auf Seiten der Russen kämpften. Er erlebte einige Gräueltaten, die aus ihm einen anderen Menschen machten. In dieser Zeit lernte er auch Drogen kennen, die in diesem Land überall zu bekommen waren. Bei einer Auseinandersetzung erhielt er eine Schussverletzung ins Bein. Die Ärzte konnten sein Bein retten, allerdings war er jetzt nicht mehr kampftauglich und er verließ Afghanistan. Bei dieser Gelegenheit ließ er den

Revolver mitgehen, der ihn seitdem begleitete. Ein leichtes Humpeln, wenn er sein Bein zu sehr beanspruchte, blieb ihm als Erinnerung. Als er nach einigen Irrungen und Wirrungen nach Eibelsdorf zurückkam, bot Gernot dem alten abgerissenen Freund eine Stelle als Winzer in seinem Weingut an, das er zwischenzeitlich von seinem Vater übernommen hatte. Gernot blieb bei dem Angebot, obwohl ihm Pleiner, was seine Vergangenheit betraf, weitgehend reinen Wein einschenkte. Pleiner griff dankbar zu. Seitdem lebte er hier zurückgezogen, als Mann für alle Fälle. Deshalb berührten ihn der Vorfall im Weinberg und das unklare Schicksal des Schulfreundes ganz besonders. Am Abend vor seinem Unfall kam Gernot mit zwei Literflaschen Silvaner zu ihm. Sie setzten sich auf Pleiners Veranda und leerten langsam, aber stetig die beiden Flaschen. Dabei hatte Gernot die Hoffnung geäußert, dass Leonie in dem fernen Amerika einen guten Job machen möge. Von seiner Frau sagte er kein Wort. Bis weit über Mitternacht hinaus führten sie tiefschürfende Gespräche und tranken dazu noch einen weiteren Bocksbeutel.

Pleiner war ein verschwiegener Mensch. Er redete nicht viel, bekam aber alles mit, was sich auf dem Weingut zutrug. Dazu gehörte auch das Binnenverhältnis des Ehepaares Siebenheilig. Während sich Gernot in erster Linie um seine Weinberge und seine Erzeugnisse kümmerte, war Lieselotte den schönen Dingen des Lebens sehr zugetan und repräsentierte schon mal gerne nach außen. Sie sah mit den Jahren immer besser aus und tat auch viel dafür, dass es so blieb. Sie blühte richtig auf, als ihre Tochter zur Weinprinzessin gekürt wurde, so als wäre ihr diese Ehre selbst widerfahren. Sofort übernahm sie das Management Leonies und sorgte dafür, dass das Mädchen auch keinen Event oder Pressetermin ausließ. Zudem ließ sie sich als Wein-Sommelière ausbilden, so dass sie die Weine ihres Mannes auch entsprechend bei diversen Events begleiten konnte.

Wo es Süßigkeiten gibt, gibt es auch bald Liebhaber dieser Naschereien. Soll heißen, es gab eine sich stets vergrößernde Anzahl von Weinliebhabern, die nicht nur Siebenheilig'schen Wein verkosten wollten. Ein Spiel mit dem Feuer, das Lieselotte liebte und perfekt beherrschte. Bei auswärtigen Veranstaltungen war Pleiner ja nicht dabei, aber bei den Events auf dem Weingut – und das waren nicht wenige – registrierte Pleiner Lieselottes Tanz auf dem Vulkan. In dieser Zeit zog sich eine nicht unerhebliche Anzahl der anderen Winzer im Dorf immer mehr von den Siebenheiligs zurück. Besonders den Ehefrauen dieser Weinerzeuger gingen die selbstverliebten Auftritte von Gernots Frau ziemlich gegen den Strich. Sie vermittelte gerne den Eindruck, im Dorf gäbe es nur eine einzige Winzerfamilie und nur deren Wein wäre trinkbar. In diesem Klima gedieh nicht nur Wein, sondern auch Neid. Gernot bekam das nicht so mit, weil er sich in erster Linie auf die Erzeugung hervorragenden Weins konzentrierte und die Präsentation und Vermarktung seiner Frau überließ. Pleiner beobachtete nur und schwieg.

Vor einer guten Woche, kurz vor der Amerikareise von Mutter und Tochter, gab es einen riesigen Knall und die Blase der Vorzeigewinzerfamilie zerplatzte. Pleiner hatte den ganzen Tag im Wengert zu tun. Gernot kam unvermutet früher von einer Besprechung mit dem Steuerberater des Weinguts aus Kitzingen zurück. Auf dem Hof parkte das Exemplar einer Nobelmarke, offenbar Kundschaft. Als er dann sein Verpackungslager betrat, traf ihn fast der Schlag. War doch seine liebende Ehefrau mit einem jüngeren Mann auf einer dicken Lage gefalteter Bacchus-Kartons heftigst zu Gange. Die Situation war so eindeutig, dass sie keiner Erläuterung bedurfte.

Wie ihm später seine Frau beichtete, handelte es sich bei dem Galan um Herbert Krienerle, den Cousin des Weinbaupräsidenten, der schon länger bei diversen Auswärtsterminen um die schöne Winzerin herumbalzte. Ein versierter Schmeichler und Verführer, der genau wusste, an welchen Stellschrauben er beim weiblichen Geschlecht drehen musste, um zum Ziel zu gelangen. Da er die Abordnung der Weingesandten aus Unterfranken in die USA begleiten sollte, hatte er noch einmal kurz bei Lieselotte vorbeigeschaut, um einige Tagesordnungspunkte der Reise zu vertiefen. Lieselotte hatte eine schwache Minute und erlag seinem Werben. Der Herr Cousin wurde von Gernot mit heruntergelassenen Hosen windelweich geprügelt. Mit mehreren heftigen Tritten in den nackten Allerwertesten beförderte ihn der gehörnte Hausherr in seine Edelkarosse und jagte ihn vom Hof. Die nachfolgende Aussprache des Ehepaares erfolgte mit einer derartigen Lautstärke, dass sich die Hofkatze zwei Tage nicht mehr auf dem Weingut blicken ließ und tatsächlich gezwungen war, sich von Mäusen zu ernähren. Ein erniedrigender Sachverhalt!

Die Delegation der Weinrepräsentanten musste bei der Abreise in die Vereinigten Staaten ohne den Herrn Cousin auskommen, da ihm ein gesundheitliches Problem dazwischengekommen sei, wie es hieß.

Diese Ereignisse waren aber nicht der Grund, weswegen Pleiner hier in der Nacht in seiner Wohnung saß und Wache schob. Schon mehrfach war ihm in den letzten Wochen aufgefallen, dass in der Nacht die Bewegungsmelder verschiedener Lampen reagierten und insbesondere die Leuchten rund um den Eingang zum Weinkeller ansprachen. Die Sensoren waren eigentlich so eingestellt, dass sie nicht bei Kleintieren oder Fledermäusen auslösten. Pleiner fand am nächsten Tag bei einer Kontrolle keine rationale Erklärung für das Verhalten der Sensoren. Es wurde auf dem Weingut auch nichts entwendet oder zerstört. Kundschaftete jemand in der Nacht die Örtlichkeiten aus? Jetzt, nachdem Gernot auf merkwürdige Weise verschwunden war, bewertete Pleiner das Verhalten der Leuchten anders. Er hatte sich vorgenommen, den Dingen auf den Grund zu gehen. Mit Ausdauer würde er jede Nacht das Weingut überwachen, bis er den Grund herausfand. Pleiner hatte sich in seiner Soldatenzeit Geduld und Ausdauer antrainiert. Plötzlich zuckte er zusammen. Die Leuchte zwischen Wohnhaus und Verpackungshalle war angegangen! Schnell sprang er auf, eilte mit einem großen Schritt zum Fenster und griff sich das bereitgelegte Fernglas. Sorgfältig überprüfte er die Umgebung der angesprungenen Beleuchtungseinheit. Er musste sich beeilen, denn wenn sich im Bereich des Sensors nichts mehr bewegte, gingen die Lampen nach zwanzig Sekunden automatisch wieder aus.

Seine Anspannung wuchs. Seinem Gefühl nach waren deutlich mehr als zwanzig Sekunden vergangen und die Beleuchtung war noch immer an. Da musste jemand unterwegs sein! Pleiner gab ein entschlossenes Knurren von sich, dann schnappte er sich die Flinte. Sie war mit groben Sauposten geladen, die auf eine Entfernung von dreißig Metern eine verheerende Wirkung hatten. Er prüfte, ob der Revolver griffbereit im Gürtel steckte, dann verließ er, nachdem er sich noch eine Kopflampe über die Stirn gezogen hatte, so leise wie möglich die Wohnung. Pleiner trug dunkle Kleidung und Schuhe mit weichen Sohlen, die ihm lautloses Gehen ermöglichten. Reinhard Pleiner kannte genau die Wirkungsbereiche der Sensoren. Eine flächendeckende Ausleuchtung hatte Gernot nicht für erforderlich gehalten, daher gab es zwischen den einzelnen Scheinwerfern immer wieder tote Winkel, die es einem Insider ermöglichten, die Fläche zu überwinden, ohne die Sensoren auszulösen. Die Schrotflinte quer zum Körper haltend, geduckt sichernd, huschte Pleiner in Richtung Wohnhaus. Er gab sich Mühe, die Dunkelheit mit den Augen zu durchdringen. Nirgendwo konnte er etwas entdecken, obwohl seine Instinkte alarmiert blieben. Der Scheinwerfer erlosch. Hinter einem Holunderbusch kauerte er sich nieder. Er konnte die Bedrohung förmlich riechen. Da! Erneut sprang das Licht an! Pleiner kniff leicht geblendet die Augen zusammen. Dann entspannte er sich. Ein Fuchs schnürte ganz entspannt quer über das Grundstück. Meister Reineke hatte den Sensor ausgelöst. Durch die Randlage des Weinguts kam es immer wieder vor, dass Wildtiere dem Gelände einen Besuch abstatteten. Diesmal ging der Scheinwerfer genau nach der eingestellten Zeit aus. Pleiner richtete sich auf. Richtig beruhigt war er allerdings nicht. Der erste Scheinwerfer löste aus, da war der Fuchs noch längst nicht da. Vorsichtig schlich er sich zum Verpackungslager. Da hier im Inneren kein automatisches Licht eingerichtet war, drückte er auf einen Knopf seiner Kopflampe und löste den Modus für Rotlicht aus. Dieses Licht ermöglichte es Pleiner, die Einzelheiten im Lager gut zu erkennen, ohne geblendet zu werden. Jederzeit bereit, die Schrotflinte an die Schulter zu ziehen, ließ er den Lichtstrahl durch den hohen Raum gleiten. Kein Mensch zu sehen. Er entspannte sich wieder etwas. Jetzt musste er noch die Kelterhalle, das Weinlager und den Weinkeller kontrollieren. Er bewegte sich zwischen den Kartonagen hindurch und erreichte durch einen Torbogen die Kelterhalle. Die aus Metall bestehende Kelter stand so mitten im Raum, dass sie bei der Weinlese mit Traktoren und Hängern angefahren werden konnte, die das Lesegut nur noch abkippen mussten. Von dort landete es in einer langen zylinderartigen Trommel, die um die Längsachse rotierte und dabei die Pressung vornahm. Die Weinlese war längst vorüber und die Kelter stand sauber gereinigt und mit einer großen Kunststoffhaube abgedeckt an ihrem Platz und wartete auf die nächste Saison. Bei Pleiner stellten sich sämtliche Sensoren auf Alarm, als er feststellte, dass die Abdeckung von der Presse abgezogen war. Nach allen Seiten sichernd, näherte er sich vorsichtig der Maschine.

Jede Bewegung Pleiners gab die Nachtsichtbrille als grünes Bild an ihren Träger weiter. Der Mann, der sich die ganze Zeit hinter drei Stapeln Europaletten versteckt hatte, verzog das Gesicht zu einem grimmigen Lächeln. Pleiner hatte genauso reagiert, wie er es vorhergesehen hatte. Es war erstaunlich zu beobachten, wie geschickt sich der doch schon bejahrte Mann über das Grundstück bewegte, ohne ein Geräusch zu verursachen und ohne die Sensoren auszulösen. Er verfügte über Fähigkeiten, die man ihm, wenn man ihn so im täglichen Leben beobachtete, gar nicht zugetraut hätte. Pleiner hatte ohne entsprechende Hilfsmittel allerdings keine Chance, ihn hier zu entdecken. Nachdem Pleiner aus der Kelterhalle verschwunden war, löste sich der Beobachter aus seinem Versteck und schlich vom Weingut. Auch er kannte sich von verschiedenen Besuchen her so gut aus, dass kein Lichtsensor ausgelöst wurde. Er war sich sicher, die Dinge würden jetzt in seinem Sinne ihren Gang nehmen.

Pleiner befand sich im höchsten Alarmzustand. Er nahm zur Kenntnis, dass die schräge Schütte der Kelter auf volle Breite ausgeklappt war und die Trommel in Gänze offenstand. Er selbst hatte die Anlage nach der Saison konserviert und eingemottet. Die Schrotflinte in Vorhalte, drehte er sich um die eigene Achse. Dabei leuchtete die Stirnlampe, der Drehung folgend, sein Gesichtsfeld aus. Die

Geräte und Einrichtungen der Halle schlugen harte Schatten, die sich entsprechend dem wechselnden Lichteinfall auf gespenstische Weise mitbewegten. Langsam näherte sich Pleiner der Trommelpresse. … Der Anblick der sich ihm bot, ließ seine Miene versteinern. Das Gesicht des Mannes in der Trommel war im Tod zu einer Fratze verzerrt. Pleiner hatte in seinem Leben schon viele Leichen gesehen, aber diese hier ging ihm schon ans Gemüt. Es handelte sich eindeutig um seinen Kollegen Schorsch … Georg Hauserzettl, den Kellermeister, der hier leblos abgelegt worden war! Er trug einen blau-weiß-rot gestreiften Schlafanzug. Seine Füße waren nackt. Um der Szene ein wenig die Schaurigkeit zu nehmen, griff Pleiner an seine Kopflampe und schaltete auf Weißlicht um. Er konnte sich nicht vorstellen, dass der Täter noch in der Nähe war. Mit zwei Fingern berührte er kurz den Hals des Toten. Die Leiche war eiskalt. Das Leben war schon lange aus diesem Körper entwichen. Pleiner drehte sich um und verließ die Kelterhalle. Während er ohne Rücksicht auf die Lichtsensoren zur Packhalle marschierte, wurde er von den anspringenden Scheinwerfern begleitet. In der Halle befand sich ein Wandtelefon. Entschlossen wählte er die 110, dann eilte er in seine Wohnung und versteckte seine beiden Waffen.

Es dauerte nicht allzu lange und die Nacht über dem Dorf wurde von den heulenden Sirenen der Polizei und des Notarztes erfüllt, deren Klang von den Weinbergen zurückgeworfen wurde und für einige Zeit das Maintal aus der nächtlichen Stille riss. Die schlafenden Menschen in ihren Häusern schreckten hoch. Manche eilten zu den Fenstern und fragten sich beim Anblick der zuckenden Blaulichter, was in Eibelsdorf los war, dass die Polizei schon wieder hier auftauchen musste.

Nur einer im Dorf saß in seinem Wohnzimmer unweit des Tatorts und sah sich einen nächtlichen Western an. Er war sich sicher, die Ermittlungsbehörden würden sehr schnell die Spuren finden, die auf eine bestimmte Person als Täter hinwiesen. Wenn er seinen Plan konsequent umsetzte, würde es nicht mehr lange dauern und sein Ziel wäre in greifbarer Nähe. Er griff zur Fernbedienung und stellte den Ton lauter. Das Geheul der Sirenen ging ihm auf die Dauer etwas auf die Nerven. Dann füllte er sich von der ausgezeichneten Domina aus dem Weingut Siebenheilig sein Glas voll, nahm einen kräftigen Schluck, legte die Füße auf den gegenüberstehenden Sessel und genoss den Geschmack des Weins im Abgang. Der Film näherte sich langsam dem Höhepunkt, dem Showdown zwischen den beiden Hauptdarstellern, die sich um die Liebe einer Frau duellierten.

Florian Deichlers Laune war auf einem Tiefpunkt. Schon zum zweiten Mal in zwei Tagen wurde er während des Kriminaldauerdienstes mitten in der Nacht zum gleichen Einsatzort gerufen. Gott sei Dank gab es diesmal wenigstens eine Leiche. Deichler erschrak aber seine eigenen Gedanken. Während er auf den schwarzen Asphalt starrte, der von dem schnellen Einsatzfahrzeug verschlungen wurde, wurde ihm wieder einmal bewusst, wie sehr dieser Beruf in der Lage war, einen Beamten mit den Jahren zum Zyniker zu machen. Deichler hatte sich bei Eintritt in die Mordkommission geschworen, sich ein Beispiel an seinem Chef, Erich Rottmann, zu nehmen. Rottmann vergaß im Dienst niemals, dass er das oftmals grausame Schicksal eines Menschen aufzuklären hatte. Eines Menschen, der Angehörige hatte, die um ihn trauerten. Deichler warf einen Blick auf den Tacho. Die nächtliche Bundesstraße war völlig frei, so dass sein Fahrer richtig auf die Tube drücken konnte. Hinter ihnen folgte der Einsatzbus der

Spurensicherung, ein Stück dahinter das rot-weiße Fahrzeug des Notarztes, den man genauso aus dem Bett geholt hatte. Wahrscheinlich würde man ihn aber gar nicht benötigen, weil der Anrufer von einem Leichenfund gesprochen hatte. Aber man musste auf Nummer sicher gehen. Es hatte schon Fälle gegeben, da waren sie zu einer Leiche gerufen worden und der Patient war bis zu ihrem Eintreffen reanimiert. Natürlich: glücklicherweise! Das war im vorliegenden Fall sicher nicht so. Er wusste, dass man bereits das zuständige Bestattungsinstitut verständigt hatte, das sich in Bereitschaft hielt. Auch ein Rechtsmediziner würde in den nächsten Minuten eintreffen. Aber all das war Routine und als Chef musste er sich darum nicht kümmern.

Zehn Minuten später bogen sie von der Landstraße ab und folgten der Seitenstraße zum Weingut Siebenheilig. Florian Deichler wettete mit sich selbst, nun das verschwundene Opfer vom Unfall im Weinberg zu Gesicht zu bekommen. Sie fuhren auf den Hof und reihten sich in der Remise hinter den geparkten Fahrzeugen der Winzerfamilie ein. Die volle Hofbeleuchtung tauchte die Gebäude in gleißendes Licht. Deichler stieg aus. Ein grimmig dreinschauender Mann im dunklen Trainingsanzug kam ihm entgegen.

„Deichler, Mordkommission", stellte er sich vor. „Herr Pleiner, nehme ich an? Sie haben uns wegen eines Leichenfunds verständigt?" Er gab dem Mann die Hand, der den Händedruck kräftig erwiderte. „Wissen Sie, um wen es sich handelt?"

„Schorsch … ich meen Georg Hauserzettl hässter und schafft hier als Kellermäster. Also … hat gschafft …", verbesserte er sich. „Wohnen tut er awwer woannersch. Er hat owe im Wängert in Richtung Wald a Datsche … Hat er ghabt …"

„Gut, darum werden wir uns später kümmern", unterbrach ihn Deichler. „Bringen Sie uns jetzt bitte zu der Leiche. Können wir mit unseren Fahrzeugen etwas näher an den Fundort heranfahren?"

Pleiner nickte. „Fahrn Se mit Ihre Audos um des Weingut rum." Er zog mit der ausgestreckten Hand einen imaginären Bogen durch die Luft. „Hinnerm Wohnhaus sehe Se scho den Eingang zur Kelterhalle. Ich geh hier übern Hof, des is kürzer. Ich zeich Ihne dann den Weech."

Deichler bedankte sich und rief den Fahrern der nachfolgenden Fahrzeuge eine Information zu, dann setzte er sich in den Wagen. Der Beamte hinterm Steuer folgte der angegebenen Richtung. Pleiner war schon verschwunden.

Die Wette mit sich hatte Deichler verloren.

Es dauerte nur wenige Minuten, dann tauchte wie beschrieben im Licht der voll aktivierten Hofbeleuchtung zuerst das Wohnhaus und dann das weit geöffnete Tor der beschriebenen Kelterhalle auf. Pleiner war bereits da und wies ihnen einen Platz, wo sie ihre Fahrzeuge abstellen konnten.

„Wo müssen wir hin?", wollte Deichler wissen, während er sich einen weißen Schutzanzug mit Kopfhaube, Schuhüberzieher und Gummihandschuhe anzog. Wortlos deutete Pleiner auf die Kelterhalle, wo man die wuchtige Presse erkennen konnte.

„Haben Sie irgendetwas angefasst", wollte der Einsatzleiter der Spurensicherer wissen, der sich ebenfalls Schutzkleidung übergezogen hatte. Hinten auf dem Rücken prangte in großen Lettern die Aufschrift „POLIZEI".

Pleiner überlegte einen Augenblick, dann erwiderte er: „Ich hab em nur amal mit die zwää Finger wäche dem Puls an den Hals gelangt. Er war awwer eiskalt. Da war mer alles klar."

„Sie haben den Mann näher gekannt?", wollte Deichler wissen.

„Na ja, wie mer halt jemand kennt, mit dem mer jeden

Daach zammarbeit muss. Er war a bissle hochnäsig. Freunde warn mer nit. Oft is er aa um die Chefin rumgschwänzelt. Der Chef hat em sogar amal Schlääch angedroht deswäche."

„Erklären Sie mir doch kurz mal die Funktion dieser Kelter. In meiner Erinnerung sehen Weinpressen etwas anders aus."

So gut es ging, wies er den Kriminalbeamten in die Abläufe einer modernen Kelteranlage ein. Deichler bedankte sich und bat Pleiner in der Nähe zu bleiben, falls weitere Fragen auftauchen würden, außerdem musste man ja noch ein Protokoll aufnehmen. Schließlich winkte er seiner Mannschaft zu und sie betraten die Kelterhalle. Sofort liefen die Routineaktivitäten an. Der Notarzt trat näher und untersuchte den Toten kurz, dann schüttelte er wie erwartet den Kopf.

„Das ist eindeutig ein Fall für den Rechtsmediziner", stellte er fest. „Ich verabschiede mich wieder." Er winkte kurz, dann setzte er sich in sein Fahrzeug, sein Fahrer wendete und fuhr vom Hof.

Bevor man sich mit der Leiche näher befasste, schoss der Polizeifotograf eine ganze Serie Aufnahmen. Um jeden Winkel zu erfassen, stellte er sich auch auf eine Leiter. Er war gerade fertig, als der Pkw des Gerichtsmediziners auf den Hof rollte. Bei Einsätzen um diese Nachtzeit verlief die Begrüßung wortkarg. Überflüssige Worte waren nicht erforderlich. Deichler schilderte kurz die Sachlage, dann machte sich der Rechtsmediziner an die Arbeit. Nachdem er sich die Lage der Leiche in der Presse angeschaut hatte, ließ er von den Beamten der Spurensicherung eine große Plastikplane auf den Betonboden der Halle legen. Mit vereinten Kräften hievten sie den Leichnam auf die Plane und legten ihn auf den Rücken. Deichler blieb abwartend in der Nähe stehen und geduldete sich, bis der Mediziner sich einen Eindruck verschafft hatte. Pleiner stand im Hintergrund und verfolgte aufmerksam jede

Handlung der Polizeibeamten. Florian Deichler registrierte, dass der Tod dieses Menschen, mit dem er ja regelmäßig zusammengearbeitet hatte, ihn nicht sonderlich beeindruckte. Mit undurchsichtiger Miene nahm er alles in sich auf.

„… und, Doc, können Sie schon was sagen?", wollte Deichler von dem Rechtsmediziner wissen. „Beispielsweise zum Todeszeitpunkt? Auf den ersten Blick sind ja keine Verletzungen zu erkennen."

Der Arzt richtete sich aus seiner gebeugten Haltung auf. „Schwierige Sache. Die Totenstarre ist auf jeden Fall schon lange gelöst. Das heißt, dass er mindestens seit zwei Tagen tot ist. Man kann in Mund und Nase keine Fliegenlarven erkennen. Sie sehen ja, dass jetzt erst die ersten Schmeißfliegen den Körper umschwirren. Zu einer wirksamen Eiablage ist es noch nicht gekommen. Das bedeutet, die Leiche muss irgendwo verwahrt worden sein, wo die Insekten keinen Zugriff hatten. Die Kleidung des Toten ist feucht, als wäre sie mit einer Flüssigkeit in Berührung gekommen, und strömt einen merkwürdigen Geruch aus, den ich noch nicht einordnen kann." Er pausierte kurz, dann fuhr er fort: „Eine Verletzung kann ich auch nicht erkennen. Da müssen wir erst das Ergebnis der Obduktion abwarten. Wenn Sie die Leiche nicht mehr benötigen, würde ich sie gerne umgehend in die Rechtsmedizin schaffen lassen, damit der Verwesungsprozess nicht weiter fortschreitet. Zumindest auf den ersten Blick muss nicht zwingend eine Straftat für den Tod des Mannes ursächlich sein."

Deichler bedankte sich bei dem Gerichtsmediziner, der seine Handschuhe auszog und anschließend den Totenschein ausstellte, auf dem er ungeklärte Todesursache ankreuzte. Er überreichte Deichler einen Durchschlag. „Sorgen Sie bitte dafür, dass der Tote so schnell wie möglich ins Institut kommt. Ich werde ihn mir gleich heute Vormittag vornehmen."

Ein Spurensicherer, der den letzten Satz des Rechtsmediziners mitbekommen hatte, erklärte: „Die Herren vom Beerdigungsunternehmen sind bereits unterwegs und werden in den nächsten zehn Minuten hier eintreffen."

Der Arzt setzte sich in seinen Wagen und fuhr vom Hof.

Pleiner betrachtete nachdenklich den toten Kellermeister. Soweit er wusste, war der Mann mit seinen vierundfünfzig Jahren bei bester Gesundheit. Jedenfalls hatte er immer mit seiner körperlichen Leistungsfähigkeit, seiner Potenz und, daraus resultierend, seinen Chancen beim weiblichen Geschlecht laut genug herumgeprahlt. Er hatte keine Skrupel gehabt, gegenüber Pleiner zu behaupten, die Winzerin stehe seinen amourösen Bemühungen aufgeschlossen gegenüber. Pleiner verstand nicht, warum Gernot Siebenheilig diese Flirtereien nicht unterband. Er hätte dem Kerl schon lange seine Faust ins Maul gerammt und ihn zum Teufel gejagt. Der Winzer zuckte mit den Schultern. Das war jetzt auf jeden Fall vorbei! Er drehte sich um und stapfte zu seiner Wohnung.

Der Pilot setzte die Maschine mit einem leichten Ruck und quietschenden Reifen aufs Rollfeld auf. Durch günstige Winde hatte man eine halbe Stunde Flugzeit herausgeholt. In Deutschland war früher Nachmittag, der Himmel war Wolken verhangen und der Flugkapitän hatte den Passagieren beim Landeanflug eine Temperatur von sechzehn Grad Celsius angesagt. Wenig später hasteten die Fluggäste geschäftig durch den Gangway-Tunnel zum Gate und versammelten sich dort um das Laufband für das Gepäck, das nun sukzessive ausgeladen wurde. Leonie Siebenheilig stand vorne und entdeckte ihre vier Rollkoffer zuerst. Sie hob sie vom Band. Als sie sich dabei umdrehte, sah sie, dass ihre Mutter gerade ihr Handy vom Ohr nahm und in ihre Handtasche steckte.

„Mit wem hast Du gesprochen?", wollte Leonie wissen. „Gibt es etwas Neues von Papa?"

Sie schüttelte den Kopf. „Ich habe Herrn Rottmann erreicht. Er hat mir gesagt, dass es aktuell keine Neuigkeiten gibt, er wird sich aber nochmals erkundigen. Da man hier ja nicht reden kann, habe ich ihm gefragt, ob er damit einverstanden ist, wenn wir auf der Rückfahrt kurz in Würzburg bei ihm vorbeikommen. Das fand er eine gute Idee."

Wenig später hatten sie ihr Gepäck und passierten kurz darauf anstandslos, ohne Kontrolle, den Zoll. Leonie ließ ihren Blick durch die Flughafenhalle wandern, sie suchte den Schalter von „World-Cars". Noch in den Vereinigten Staaten hatten sie sich einen Pkw reserviert, damit sie möglichst schnell und ohne Wartezeiten nach Hause fahren konnten.

Wenig später fädelten sie sich in den dichten Verkehr auf der Autobahn Frankfurt – Würzburg ein. Lieselotte saß auf dem Beifahrersitz und starrte wortlos auf die vorbeiziehende herbstliche Landschaft. Leonie warf ihr einen besorgen Blick zu. Sie wusste nicht, wie lange ihre Mutter diese Belastung durch die Ungewissheit noch aushalten würde.

Erich Rottmann wurde durch das Läuten des Mobiltelefons aus dem Mittagsschlaf gerissen. Nachdem er sich mit Lieselotte Siebenheilig zu einem Treffen auf der Rückfahrt vom Flughafen verabredet hatte, wählte er die Nummer von Florian Deichler. Schließlich wollte er die beiden Frauen auf den neuesten Stand bringen.

Öchsle im Körbchen hob seinen Kopf und warf seinem Menschen einen prüfenden Blick zu. In der letzten Zeit gab es ziemlich oft Abweichungen von der gewohnten Routine. Sollte er jetzt liegen bleiben oder gab es Arbeit? Er registrierte, dass Herrchen das Telefon in der Hand behielt und erneut wählte. Mit einem Seufzer legte er den Kopf wieder ab.

„Mordkommission Deichler!", meldete sich Rottmanns Nachfolger im Amt. „Was kann ich für Sie tun?" Er hatte natürlich die Telefonnummer von Erich Rottmann sofort erkannt, wusste aber, wenn er so förmlich tat, konnte er ihn damit etwas ärgern.

„Mann, Florian, alte Krampfsocke, du weißt doch schon lange, wer dich anruft!", tönte Rottmann in den Hörer.

Er hörte ein Lachen. „Schon gut, Erich, reg dich ab! Was treibt dich durch das Telefon zu mir?"

Der Exkommissar schaltete wieder auf Normalmodus. „Florian, mich hat gerade Lieselotte Siebenheilig vom Flughafen in Frankfurt angerufen. Sie ist vor kurzem mit ihrer Tochter gelandet.

Sie hat natürlich gefragt, ob es bezüglich ihres Mannes Neuigkeiten gibt. Sie fahren mit einem Mietwagen zurück nach Hause und wollen hier bei mir in der Rosengasse einen kurzen Zwischenstopp einlegen, damit ich sie auf den neuesten Stand bringen kann."

In der Leitung entstand eine Pause. Sie war deutlich länger, als eine normale Atempause für gewöhnlich andauerte. Rottmann, der seinen Nachfolger gut kannte, wurde hellhörig.

„Florian, was ist los? Du wolltest mich doch informieren."

„Ich weiß", gab Deichler zurück, „aber wir wurden heute Nacht alarmiert, weil es im Weingut Siebenheilig eine Leiche gegeben hat."

Rottmann fragte hastig: „Habt ihr etwa Gernot Siebenheilig gefunden?"

„Nein", gab Deichler zurück. Er hatte eine Entscheidung

getroffen. „Erich, ich will das nicht am Telefon besprechen und ich möchte auch nicht, dass du die beiden Damen informierst, wenn sie bei dir ankommen!"

„Wieso?", zeigte sich Rottmann erstaunt. „Jetzt bin ich aber wirklich gespannt!"

„Erich, wenn die beiden bei dir eintreffen, dann überrede sie bitte, mit dir zu mir ins Büro zu kommen. Ich möchte ihnen gerne selbst die neuesten Erkenntnisse mitteilen … Wie gesagt, du kannst gerne bei der Besprechung dabei sein."

Rottmann merkte, hier gab es keinen Verhandlungsspielraum. Deichler würde sich nicht von seiner Bitte abbringen lassen. Daher sagte er ihm zu, sein Bestes zu versuchen. Der Grund, warum Deichler die beiden bei sich haben wollte, war Rottmann schon ziemlich klar. Er wollte ihre Reaktionen beobachten, wenn er ihnen diese Neuigkeit offerierte. Jetzt war Erich Rottmann wirklich gespannt. Wenn nicht Gernot Siebenheilig der Tote war, wer dann? Doch nicht etwa Reinhard Pleiner?

Geduldiges Warten war noch nie Rottmanns Stärke gewesen. Schlafen konnte und wollte er nicht mehr, also schaltete er zur Überbrückung der Wartezeit den regionalen Würzburger Fernsehkanal ein. Eine gerade laufende Werbesendung wurde plötzlich wegen einer aktuellen Eilmeldung unterbrochen und eine Sprecherin erschien auf dem Bildschirm.

„Meine Damen und Herren, wir unterbrechen das laufende Programm aus aktuellem Anlass und schalten zu unserem Außenreporter Kiffy Gras. – Kiffy, kannst du mich hören?"

Das Bild wechselte in eine herbstfarbene Weinbergskulisse, vor der sich der Reporter mit dem Mikro in der Hand positionierte.

„Hosianna, ich höre dich sehr gut. – Meine lieben Zuschauerinnen und Zuschauer, wie wir heute von unserem freien Mitarbeiter Vitus-Maria Goggel aus dem bekannten Weinort Eibelsdorf erfahren haben, soll es hier, in einem prominenten Weingut, einen spektakulären Leichenfund gegeben haben."

Kiffy drehte sich zur Seite und der Kameramann zog den Bildausschnitt weiter auf, so dass man eine zweite männliche Person neben Kiffy erkennen konnte.

„Vitus-Maria kannst du uns kurz schildern, was du Sensationelles recherchieren konntest?"

Kiffy hielt dem Mann das Mikrofon unter die Nase. Bei dem freien Mitarbeiter handelte es sich um einen weißbärtigen, bejahrten Rentner, der in einem ausgebleichten Blaumann, einem karierten Hemd und einer abgegriffenen Schildmütze auf dem Kopf sichtlich nervös auf das Mikrofon starrte.

„… soll ich jetzt gleich …", flüsterte er und warf Kiffy einen hilfesuchenden Blick zu.

„Ja, bitte, Vitus-Maria …", erwiderte der Reporter etwas ungeduldig.

„Aaalso …, wo fang ich da an … Ich bin heut Nacht uffgewacht, weil ich aufs Klo gemüsst hab. Eichentlich muss ich ja jede Nacht amal naus, besonders wenn ich viel getrunke hab. Des war jedenfalls mitte in der Nacht, deshalb hab ich aa des Blaulicht von denne Bolizeiautos so deutlich gsänn. Weil, ich wohn nit weit von denne Siebenheilichs weg und kann a bissle auf denne ihrn Hof mit der Kelteranlaache schau. Da war alles voll von Bolizeiaudos. Die ham volle Festbeleuchtung ghabt. Ich bin dann in unnere Stube gange und hab mei Fernglas gholt. Da hab ich dann gsänn, wie sie aus der Kelter en Mensche rausghobe ham. Der Mann hat kenn Mucks mehr gemacht. Ich denk, der war richtich dood. Enner hat dauernd rumfotografiert und en annerer hat dann a weng an dem Doode rumgfummelt. Es hat dann aa nit lang gedauert und die vom Beerdichungsinstitut ham ihn dann in so enn komische Sarch gelecht unn in ihr Audo gschobe. Mer kennt des ja ausm Fernseh. Mei Fraa hat von dem Ganze nix mitgricht, weil se abends immer a Schlaftablette nimmt, damit se schlaff kann. Sie secht immer, ich däd so laut schnarch. Stimmt awwer nit, ich hab mich noch nie ghört." Er stieß eine meckernde Lache aus. „Die Polizei is ja dann aa später, wies Daach worn is, in der Nachbarschaft rumgelaufe und hat gfracht, ob mer was Verdächtigs mitkriecht hat."

„Wenn Sie mit dem Fernglas geschaut haben, konnten Sie dann erkennen, um wen es sich bei der Leiche handeln könnte?", brachte Kiffy ihn wieder in die Spur.

„Nä, des war zu weit wech."

„Sie haben dann noch weitere Recherchen betrieben, wie Sie mir gesagt haben."

„Was soll ich gemacht hamm?"

„Sie haben mir doch gesagt, dass Sie am nächsten Morgen rübergegangen sind zum Weingut Siebenheilig, um sich mit einem gewissen Herrn P., einem Mitarbeiter des Weinguts, ein bisschen nachbarschaftlich zu unterhalten."

„Stimmt. Ich hab halt gedacht, der Pleiner …", er verbesserte sich schnell, „äh … ich meen natürlich der Herr P., rückt was raus. Der war ja aa da auf dem Hof bei der Leiche rumgstanne. Awwer der komische Kauz hat mich nur aagebrummt und gemehnt, ich soll mich um mein eichene Kram kümmer. Der Kerl hat noch nie viel gered. Den Gernot hab ich nit gsenn. Da gibt's ja aa Gerüchte im Dorf, dass der sich nach seim Unfall im Wengert vom Acker gemacht hätt. Un sei Fraa und sei Tochter, unnere Weinprinzessin, sinn grad drübe bei de Amis. Zuständ sinn des …"

Kiffy zog schnell das Mikrofon weg, ehe der „freie Mitarbeiter" ins Schwafeln kam. Der Kameramann verringerte den Bildausschnitt wieder auf den Reporter. Im Hintergrund verstand man noch leise die letzte Frage von Vitus-Maria, ehe er ausgeblendet wurde: „… und – wann kriech ich jetzt mei fuffzich Euro?"

„Meine Damen und Herren, so weit der Bericht aus Eibelsdorf, wo man offenbar in der Kelteranlage eines Weinguts eine bis jetzt unbekannte Leiche gefunden hat. Wir werden an der Sache dranbleiben. Ich gebe zurück ins Studio. Dies ist Kiffy Gras, TV-Würzburg, Studio Eibelsdorf."

Als nach dem Beitrag wieder die Moderatorin auf dem Bildschirm erschien, schaltete Erich Rottmann schockiert das Fernsehgerät aus. Kein Wunder, dass sich Florian Deichler so bedeckt gehalten hatte. Rottmann runzelte die Stirn. Etwas in diesem Weingut Siebenheilig stimmte hinten und vorne nicht. Das sagte ihm sein Instinkt. Eine sehr reizvolle Aufgabe für einen pensionierten Kriminalbeamten, da Licht ins Dunkel zu bringen. Da konnte Deichler machen, was er wollte, er, Rottmann, würde ihm nach Kräften helfen! Schließlich war die Unterstützung der Polizei so etwas wie seine Bürgerpflicht! Während er auf den Anruf der beiden Frauen wartete, setzte er sich an den Tisch und begann damit, seine drei Bruyére-Pfeifen zu reinigen, die er immer abwechselnd benutzte. Er war gerade fertig, als das Telefon läutete.

„Herr Rottmann", hörte er die Stimme von Leonie, die offenbar über die Freisprecheinrichtung des Wagens telefonierte, „wir sind laut Navi in zehn Minuten bei Ihnen in der Rosengasse."

„Gut", erwiderte Rottmann, „bleiben Sie einfach im Wagen sitzen, ich komme zu Ihnen auf die Straße runter."

„Gut", antwortete sie, dann wurde das Gespräch unterbrochen. Rottmann räumte seine Reinigungsutensilien zur Seite, steckte sich eine der Pfeifen gestopft in seine Joppentasche, dann musterte er nachdenklich Öchsle, der ihn müde anblinzelte.

„Ich habe den Eindruck, du würdest gerne deinen Mittagsschlaf fortsetzen. … Dann bleibst du halt so lange hier. Wenn ich dich mit in die Polizeidirektion nehme, gibt's eh wieder nur schiefe Blicke. Ich denke, es wird nicht lange dauern."

Es sah ganz so aus, als hätte der Rüde die Erläuterungen seines Herrchens verstanden. Jedenfalls blieb er liegen und rannte nicht wie sonst üblich zur Wohnungstür. Rottmann musste nur kurze Zeit vor dem Haus warten, bis ein schwarzer Pkw langsam durch die Rosengasse rollte. Es war offensichtlich, dass die Insassen etwas suchten. Rottmann trat mitten auf die Straße und winkte. Der Wagen stoppte vor ihm, der Motor erlosch und die Autotüren öffneten sich. Rottmann erkannte Mutter und Tochter sofort. Bevor die beiden Frauen aussteigen konnten, trat Rottmann an die Fahrertür.

„Grüß Gott! Bleibt doch bitte sitzen, es gibt eine kleine Planänderung. Ich steige zu und erkläre es euch."

Ehe die beiden Frauen Fragen stellen konnten, saß Erich Rottmann auf dem hinteren Sitz. Wegen der besonderen Umstände ihres Treffens ersparte sich Rottmann irgendwelche Höflichkeitsfloskeln und kam gleich zur Sache.

„Ihr werdet gleich verstehen, warum ich etwas kurz angebunden bin und keine Fragen beantworte. Kurz nach eurem Anruf vorhin habe ich bei der Kripo angerufen, um mich nach neuen Erkenntnissen über das Schicksal von Gernot zu erkundigen. Ich wollte euch ganz aktuell informieren. Herr Deichler zeigte sich aber sehr zugeknöpft. Als er hörte, dass ihr hierherkommt, verlangte er, dass ich euch direkt zu ihm in die Mordkommission bringe." Es fiel ihm schwer, den Leichenfund zu verschweigen, weil er wusste, dass bei der Vorgehensweise Deichlers ein neuerlicher Schock auf Mutter und

Tochter wartete. Besonders Lieselotte Siebenheilig war extrem bleich. Rottmann war sich sicher, viel an Belastung war ihr nicht mehr zuzumuten.

Die beiden Frauen sahen sich betroffen an. „Können Sie uns wirklich nichts sagen? Wir beide sind nach der langen Reise ziemlich fertig", erklärte Leonie leicht gereizt. „Meine Mutter hat seit fast zwei Tagen nicht mehr richtig geschlafen, dazu kommt der Jetlag …"

„Deshalb sollten wir es schnell hinter uns bringen", riet Rottmann und überging damit die Frage. „Herr Deichler war damit einverstanden, dass ich euch ins Morddezernat begleite. Natürlich nur, wenn ihr damit einverstanden seid", fügte er hinzu. Er machte sich Sorgen, ob die Winzerin durchhalten würde. Eigentlich gehörte sie erst mal für einen Tag ins Bett.

„Das wäre mir sehr recht, wenn du mitkämst", erwiderte Lieselotte Siebenheilig leise. „Ich weiß nicht, ob ich im Augenblick den Fragen eines Kriminalbeamten gewachsen bin."

Leonie startete wortlos den Motor.

Elvira Stark stand am Fenster ihrer Wohnung und beobachtete Erich Rottmann, der sich auf der Straße durch das Fenster eines Pkw mit einer jungen Frau unterhielt. Auf dem Beifahrersitz saß offenbar noch jemand, den oder die sie oder nicht erkennen konnte. Als Rottmann dann auf dem Rücksitz des Fahrzeugs Platz nahm, ruckten ihre Augenbrauen in die Höhe. Ihr Erstaunen wuchs, als sie registrierte, dass Rottmann offenbar Öchsle alleine zuhause gelassen hatte. Das kam praktisch nie vor! Was war da im Gange?

Florian Deichler bot den beiden Damen an seinem Besprechungstisch Platz an. Rottmann saß etwas abgerückt, um zu demonstrieren: Das hier war Deichlers Besprechung. Dem blieb natürlich nicht verborgen, dass zumindest Lieselotte Siebenhei-

lig ziemlich am Limit war. Die Tochter schien dagegen hoch-
konzentriert. Sie wollte, dass er endlich die Fragen nach dem
Verbleib des Vaters beziehungsweise Ehemanns beantwortete.

„Meine Damen", wandte sich Deichler an beide, „ich muss
mich entschuldigen, Sie direkt nach dieser anstrengenden
Reise zu mir ins Büro gebeten zu haben. Es handelt sich nicht
um eine Vernehmung, nur um das klarzustellen, sondern um
eine Befragung. Wenn Sie damit einverstanden sind, würde
ich gerne dieses digitale Aufnahmegerät mitlaufen lassen,
damit mir später keine Informationen verloren gehen." Er
hob ein Diktiergerät in die Höhe. Lieselotte Siebenheilig warf
Erich Rottmann einen fragenden Blick zu. Als der beruhigend
nickte, erklärte sie sich einverstanden. Deichler schaltete das
Gerät ein, dann fuhr er fort: „Zunächst muss ich Ihnen mein
Bedauern darüber ausdrücken, Ihnen keine neuen Erkenntnisse über den Verbleib oder das Schicksal von Gernot Siebenheilig mitteilen zu können. Wir haben fast alle ermittlungstechnischen Möglichkeiten ausgeschöpft. Er ist und bleibt wie
vom Erdboden verschluckt." Er sah Lieselotte eindringlich an.
„Frau Siebenheilig, können Sie mir etwas dazu sagen, ob Ihr
Ehemann in der letzten Zeit einen schwerwiegenden Kummer
erfahren hat, ob ihm eine belastende Diagnose gestellt wurde,
ob er Gemütsschwankungen unterlag oder gewichtigen Ärger
mit jemandem hatte? Wurde er bedroht? Hatte er Feinde? Gab
es Ärger im Weingut?"

Während er sprach, begann Lieselotte Siebenheilig zu weinen. Dabei schüttelte sie zu jeder Frage den Kopf. „Nichts von
alledem!", stieß sie hervor und zog ein Papiertaschentuch aus
ihrer Handtasche.

Deichler sah die Tochter fragend an. „Ich muss das fragen.
Hat Ihr Vater in der letzten Zeit suizidäre Gedanken geäußert?"

Die junge Frau kniff die Lippen zusammen. „Mein Vater war im Prinzip immer ein ausgeglichener Mensch. Natürlich gab es Ärger im Betrieb, das ist aber in einem Weingut wie dem unseren, in dem Weine auf höchstem Niveau erzeugt werden, nicht ungewöhnlich. Die Konkurrenz schläft ja nicht!"

„Vielen Dank", stellte Deichler fest, „wir werden intensiv an dem Fall dranbleiben, das kann ich Ihnen versichern. Irgendwie werden wir das Rätsel lösen."

Jetzt erst schlug er einen dünnen Hefter auf, den er aber so hielt, dass die beiden Frauen nicht hineinschauen konnten. Rottmann, der einen anderen Blickwinkel hatte, sah in der Mappe mehrere Bilder. Die Art und Weise der Aufnahmen sagte ihm, dass es sich um Tatortfotos handelte. Jetzt wurde es schwierig!

„Leider muss ich Sie mit einer anderen Angelegenheit konfrontieren, mit der die Mordkommission heute Nacht auf Ihrem Weingut befasst wurde."

Lieselotte Siebenheiligs Tränen versiegten. Mutter und Tochter sahen Deichler angespannt an.

„Die Einsatzzentrale erhielt um exakt 2.43 Uhr einen Alarmruf Ihres Mitarbeiters Reinhard Pleiner, der auf dem Grundstück Ihres Weinguts, präzise in der Kelterhalle, eine Leiche aufgefunden hat."

„O nein!", entfuhr es der Winzerin. Ihre Tochter riss nur entsetzt den Mund auf.

„Leider doch. Wir sind dann gleich zum Fundort rausgefahren. Tatsächlich lag in der Weinpresse ein Toter. Herr Pleiner hat ihn identifiziert und uns erklärt, es handelt sich dabei … um Ihren Kellermeister Georg Hauserzettl."

„Das ist ja der reine Wahnsinn!" Leonie Siebenheilig sprang erregt auf und schüttelte heftig den Kopf. „Wie … ich meine, wer …"

„Zur Todesursache kann ich Ihnen nichts sagen. Die Leiche befindet sich noch in der Rechtsmedizin. Nach der Obduktion wissen wir sicher mehr. Aber gleichgültig, wie er ums Leben gekommen ist, irgendjemand muss ihn ja bei Ihnen in die Traubenpresse gelegt haben. Der Fundort ist aber nicht der Tatort."

Sie ließ sich wieder auf den Stuhl nieder.

„War die Weinpresse angeschaltet?", kam Rottmanns Stimme verhalten aus dem Hintergrund.

„Nein, der Tote war nur dort abgelegt." Deichler klappte die Mappe zu. „Auch hier die Frage: Können Sie sich vorstellen, wer ein Interesse daran haben kann, Ihnen diesen Toten in die Kelteranlage zu legen? Meines Erachtens wollte Ihnen der Täter damit eine Botschaft übermitteln. Wir suchen jetzt natürlich nach deren Inhalt und dem Motiv."

Die Befragten saßen eine Weile wortlos da.

„Der arme Schorsch", unterbrach Lieselotte als Erste das Schweigen. „Ich kann mir beim besten Willen nicht vorstellen, wer ein Interesse daran haben könnte, mit dem armen Mann so umzugehen. Das ist ja grauenvoll!" Sie legte das Gesicht in ihre Hände.

Deichler wartete einen Moment, dann stellte er noch eine letzte Frage. „Hatte Ihr Mann mit dem Kellermeister Streit?"

Lieselotte schüttelte nur den Kopf. „Nur die üblichen Meinungsverschiedenheiten fachlicher Natur, wenn es um den Wein ging ...", erklärte sie mit schwacher Stimme.

Leonie legte ihrer Mutter die Hand auf die Schulter. „Herr Deichler, können wir jetzt das hier beenden? Meine Mutter ist wirklich am Ende."

Erich Rottmann machte Deichler heimlich ein eindeutiges Zeichen. Mach Schluss, es reicht, sollte das heißen. Deichler nickte. Er war sowieso am Ende der Befragung angelangt.

„Ja, Sie können jetzt nach Hause fahren", erklärte er und erhob sich, nachdem er das Aufnahmegerät abgeschaltet hatte. „Rechnen Sie aber bitte damit, dass wir Sie noch öfters in Anspruch nehmen müssen. Vielen Dank, dass Sie sich zu der Befragung bereit erklärt haben."

Wenig später standen sie unten auf dem Parkplatz der Polizeidirektion neben dem Mietauto. Lieselotte Siebenheilig hatte sich bei ihrer Tochter untergehakt. Sie stand offensichtlich kurz vor einem Zusammenbruch.

„Fahrt jetzt nach Hause", erklärte Rottmann, während er ihr auf den Beifahrersitz half, „und ruht euch erst einmal ordentlich aus. Ich werde morgen mal bei euch vorbeischauen."

Die beiden Frauen bedankten sich und Leonie lenkte das Fahrzeug vom Parkplatz. Erich Rottmann sah ihnen noch einen Moment hinterher. Er wurde das dumpfe Gefühl nicht los, dass diese beiden Fälle, der verschwundene Winzer und der Leichnam des Kellermeisters, irgendwie zusammengehörten.

Bis zur Rosengasse war es nicht weit. Öchsle würde ihn schon erwarten. So wie es aussah, kam er heute sogar zum Stammtisch! Erich Rottmann zog seine Bruyère aus der Joppentasche und setzte sie in Brand. Eine duftende Rauchwolke hinter sich herziehend, marschierte er durch die Sanderstraße.

Pleiner befand sich in der Scheune und lud verschiedene Materialien auf einen Anhänger. Die Schäden, die durch den Traktorabsturz am Weinberg entstanden waren, mussten dringend repariert werden. Misstrauisch beäugte er das fremde Fahrzeug, das auf den Hof fuhr, bis er hinter der Windschutzscheibe die beiden bekannten Gesichter von Lieselotte und Leonie Siebenheilig erkannte. Offenbar handelte es sich um einen Mietwagen, denn auf der Hinreise waren sie von einem Kleinbus des Weinbauverbands abgeholt worden.

Leonie parkte den Wagen in der Remise neben dem Traktor, dann stiegen die beiden aus. Pleiner erschrak heftig, als er Lieselottes Gesicht sah. Es war auffällig blass und eingefallen, ihre sonst so gepflegte Frisur wurde lieblos mit einem Gummiband zusammengehalten. Pleiner zog die Arbeitshandschuhe aus und wischte sich die verschwitzten Hände am Blaumann ab. Mit herabhängenden Armen sah er den beiden entgegen. Er fühlte sich unbeholfen und wusste nicht, wie er sich verhalten sollte. Was wussten die beiden von den schlimmen Ereignissen der letzten Tage?

Leonie blieb vor ihm stehen und sah ihn nur traurig an. Ihre Mutter nickte nur, dann öffnete sie die Kofferraumklappe und starrte hinein. Er sah, dass sie geweint hatte.

„Hallo Pleiner", flüsterte Leonie heiser. Er kannte das Mädchen noch als kleinen Windelzwerg, der ihm häufig bei der Arbeit zwischen den Beinen herumgelaufen war. „Das alles ist so schrecklich!"

„Ja, Mädle, des is schlimm." Es blieben ihm die Worte im Hals stecken. Er zuckte hilflos mit den Schultern.

Sie ging zu ihm hin und legte ihm ihren Kopf auf die Schulter. Für einen Moment roch sie den vertrauten Geruch aus Maschinenöl, Erde und Kernseife. Er tätschelte sanft ihren Rücken, dann löste sie sich wieder von ihm.

„Bist du so lieb und bringst unsere Koffer rein? Wir sind total fertig."

Lieselotte wandte sich mit starrer Miene ab und ging vor. Sie steckte den Schlüssel ins Schloss der Wohnhaustür und stieß sie auf.

„Wir reden morgen", sagte Leonie nur und folgte ihrer Mutter.

Pleiner nickte, packte zwei der Koffer und trug sie in die Diele des Hauses. Die anderen beiden stellte er anschließend dazu. Die Wohnung selbst betrat er nicht. Leonie zog sich in ihr Zimmer zurück. Sie beobachtete, wie ihre Mutter eines der Gästezimmer betrat, das sie schon seit zwei Jahren bewohnte. Sie war damals aus dem ehelichen Schlafzimmer ausgezogen mit der Begründung, dass Gernot Siebenheilig unerträglich laut schnarchte. Leonie wusste aber, dass das nur vorgeschoben war.

Pleiner schlenderte langsam zum Traktor zurück. Es half alles nichts, die Arbeit im Wengert musste erledigt werden. Zehn Minuten später erklang der satte Motor des Bulldogs und Pleiner fuhr vom Hof. Dabei wäre er fast in den Geländewagen von Matthias Vogt hineingefahren, dem Jäger, der den Unfall im Weinberg von Gernot Siebenheilig gemeldet hatte. An seiner Anhängerkupplung war der obligatorische Wildträger befestigt. Vogt war auf dem Weg zur Jagd. Er fuhr langsam am Weingut vorbei, nickte Pleiner zu und warf einen Blick in den Hof. Er nahm das Fahrzeug mit dem fremden Kfz-Kennzeichen zur Kenntnis, das vor Stunden noch nicht dagestanden hatte. Offenbar war das Weingut wieder bewohnt.

Pleiner mochte diesen Vogt nicht. Er wohnte seit sechs Jahren in Eibelsdorf. In der Nähe des Weinguts hatte er einen kleinen Bauernhof gekauft. Dessen Eigentümer hatten keine Nachkommen und waren ins Altersheim gezogen. Vogt ließ den Bauernhof aufwendig renovieren und baute eine Garage an. Kurz darauf pachtete er die Gemeindejagd, die gerade zu vergeben war. Mit seinem großzügigen Pachtgebot drückte er alle anderen Bewerber an die Wand. Wie Vogt seinen Lebensunterhalt verdiente, war Pleiner und dem Dorf unbekannt. Der Mann war um die fünfzig Jahre alt und ging offensichtlich keiner geregelten Arbeit nach, eine Information, die anscheinend aus dem Rathaus durchgesickert war. Seinen Weinbedarf deckte er bei den Winzern vor Ort, was zu einer gewissen Akzeptanz seiner Person führte. Geschäft war Geschäft! Immer wieder mal fuhr er auch Weinkisten vom Hof der Siebenheiligs. Dabei pflegte er gerne die Nachbarschaft, indem er sich in die Probierstube setzte und mit der Dame des Hauses fachsimpelte. So oft, wie der Mann hier Wein kaufte, stellte Pleiner immer wieder fest, musste er einen heftigen Verbrauch haben. Er hatte die gierigen Blicke gesehen, die Vogt Lieselotte zuwarf, wenn sie nicht hinschaute.

Erich Rottmann verzehrte am Stammtisch die übliche, tellerüberlappende Portion Leberkäs zusammen mit einer Laugenstange und einem trockenen Silvaner. Da er den ganzen Tag über kaum was in den Magen bekommen hatte, war es dringend erforderlich, den Energiehaushalt seines kräftigen Körpers zu regenerieren. Es dürfte müßig sein, zu erwähnen, dass unter seinem Gesäßbaldachin Öchsle in der Leberkäs-Grundstellung saß und darauf wartete, dass sein Mensch seinen Tribut runterwandern ließ. Obwohl Ron Schneider wusste, dass Rottmann es gar nicht schätzte, wenn man ihn beim Essen belästigte, sprach er ihn an. Schließlich hatten die Stammtischbrüder ein Anrecht darauf, zu erfahren, was mit dem Winzer Gernot Siebenheilig geschehen war.

„Jetzt sag halt schon, Erich. Du bist doch in solchen Fällen immer am Ball und informiert. Gibt es Neuigkeiten bezüglich Gernot Siebenheilig? Jetzt ist ja dort laut Fernsehen auch noch die Leiche des Kellermeisters aufgetaucht. Könnte das etwas mit dem Verschwinden von Gernot zu tun haben?"

Rottmann warf ihm einen verdrießlichen Blick zu, dann kaute er genüsslich seinen Mund leer und spülte mit einem Schluck Silvaner nach. Öchsle unter dem Tisch hatte mit seinen scharfen Ohren die Kaupause vernommen und stieß sein

Herrchen auffordernd mit der feuchten Schnauze gegen die Wade.

„Ja Herrschaftszeiten", knurrte Rottmann. „Oben bohrt ihr mir Löcher in den Bauch und unterm Tisch frisst mich mein Hund halber auf! Da soll man eine gedeihliche Mahlzeit zu sich nehmen!"

Kurzerhand schnitt er mit dem Messer einen Happen von seiner Portion ab und reichte sie unter die Bank. Hörbares Schmatzen zeugte von Öchsles Zufriedenheit. Ungeduldig sahen ihm seine Stammtischbrüder zu. Xaver Marschmann trommelte mit den Fingerspitzen auf den Tisch.

„Also gut." Rottmann gab nach. „Meiner Kenntnis nach gibt es keine Neuigkeiten bezüglich des Verbleibs von Gernot Siebenheilig. Bis jetzt führt ihn die Kripo noch als vermisst."

„… und was hat es mit der Leiche in der Weinpresse auf sich?", wollte Horst Ritter wissen. Dem ehemaligen Leitenden Oberstaatsanwalt der Staatsanwaltschaft Würzburg waren schon viele Leichenablageorte untergekommen. Aber eine Kelter war ein echtes Novum.

Rottmann, der weitergegessen hatte, zuckte mit den Schultern und schluckte in Ruhe seinen Bissen hinunter.

„Kann ich dir leider nicht sagen, Horst. Soweit ich weiß, sind Ablageort und Tatort nicht identisch."

„Wie wurde er ermordet?", wollte es Xaver Marschmann genau wissen. Als ehemaliger Undercover-Polizist hatte er während seiner aktiven Zeit in vielen Straftaten ermittelt und war immer an Einzelheiten interessiert. Er wusste aus Erfahrung, dass ihr Schoppenbruder Erich meist mehr wusste, als er preisgab.

Erich Rottmann schüttelte den Kopf. „Tut mir leid, Xaver, aber die Leiche liegt nach meiner Kenntnis noch in der Rechtsmedizin. Sobald ich etwas weiß, wirst du der Erste sein, der es erfährt …"

Marschmann verzog das Gesicht, der Sarkasmus war ihm nicht entgangen. Das Ergebnis war aber, dass Rottmann den Rest des Abends von seinen Stammtischbrüdern von derartigen Fragen verschont wurde.

Es war kurz nach Mitternacht, als Erich Rottmann vom Main kommend durch die Rosengasse in Richtung Heimat marschierte. Öchsle hatte noch einige Verrichtungen erledigen müssen. Jetzt eilte er zielstrebig in Richtung Futternapf. Bevor Rottmann den Hausflur betrat, klopfte er seine abgebrannte Bruyère an seinem Absatz aus. Es war noch ein kleines Glutnest vorhanden, das auf den Boden fiel. Rottmann trat es mit dem Schuh aus.

Dieses Klopfen war es, was Elvira Stark, hellhörig wie sie war, durch ihr geöffnetes Wohnzimmerfenster hörte. Gerade eben hatte sie ihren Fernseher nach dem Konsum eines spannenden Krimis ausgemacht und auch das Licht im Zimmer gelöscht. Sie war müde und wollte ins Bett. Mit einem kurzen Blick überzeugte sie sich davon, dass es Erich Rottmann und Öchsle gut ging. Sein Gang war aufrecht und er schlingerte nicht, also ein ganz normaler Zustand nach Stammtisch. Sie wartete, bis Rottmanns Haustür hinter ihm zu fiel, dann legte sie sich schlafen.

Reinhard Pleiner saß im Dunkeln auf seiner Veranda und lauschte in die Nacht. Jetzt, wo die beiden Frauen wieder auf dem Weingut waren, fühlte er eine besondere Verpflichtung, auf sie aufzupassen. Innerlich war er sehr angespannt. Diese Empfindung war ihm vertraut. Während seines Kriegseinsatzes war er häufig unter Strom gestanden. Bei jeder Nachtwache musste man mit einem Angriff der Taliban rechnen. Sie kamen lautlos, töteten effizient und verschwanden wieder. Man konnte sich nur schützen, indem man die Angreifer frühzeitig bemerkte. Nachtsichtgeräte waren eine Option. Doch die arabischen Kämpfer verfügten ebenfalls über russische Nachtsichttechnik, die sie bei ihren Überfällen erbeutet hatten. Damit konnten sie die Infrarotlampen erkennen, mit denen Pleiner und seine Kameraden die Nacht erhellten, und waren gewarnt. Seine Truppe hatte Stolperdrähte gespannt, die ein simples Alarmsystem aus Konservendosen auslösten. Diese Methode setzte Pleiner auch hier ein. Zwei Drähte hatte er an strategischen Punkten gespannt. In dunkler Kleidung saß er im Schatten seiner Wohnung. Das verräterische Leuchtziffernblatt seiner Armbanduhr trug er verdeckt. Die Schrotflinte lag griffbereit auf seinem Schoß. Auf der Stirn trug er die abgeschaltete Kopflampe, die er auf Weißlicht eingestellt hatte, damit er einen herannahenden Gegner blenden konnte. Pleiner saß völlig reglos. Da sich heute der Mond hinter dicken Wolken verbarg, war die Dunkelheit fast vollkommen.

Sein Gefühl sagte ihm, die Familie Siebenheilig befand sich im Fokus eines mysteriösen Feindes, der es aus bisher unbekannten Gründen auf das Weingut abgesehen hatte. Nachdem Gernot nicht da war, sah er es als seine Aufgabe an, die beiden Frauen zu schützen.

In dieser Nacht geschah auf dem Weingut jedoch nichts mehr. Der einsame Wächter gab sich aber nicht der Illusion hin, damit sei die Bedrohung vorüber. Gegen sechs Uhr morgens verließ er seinen Posten. Morgen Nacht würde er wieder wachen.

Rottmann erwachte am nächsten Morgen frisch und ausgeruht. Nach der Morgentoilette braute er sich mit seiner Kaffeemaschine einen starken Kaffee, der seine Lebensgeister auf Betriebstemperatur brachte. Dabei dachte er nach. Diese

Leiche warf Fragen auf, die seine Neugierde weckten. Bis die Rechtsmedizin nach der Obduktion das Protokoll erstellt und der Kripo zugesandt hatte, konnten, je nach Andrang anderer zu untersuchender Leichen, einige Tage vergehen. Und dann würde es sicher noch einige Zeit dauern, bis Florian Deichler auf die Idee kam, ihn zu informieren. Da gab er sich keiner Illusion hin. Rottmann beschloss die Sache abzukürzen und Kontakt zu seinem alten Bekannten Gottfried Meyer aufzunehmen, der im Sektionssaal des rechtsmedizinischen Instituts als Assistent arbeitete. Er entschied sich, diesen Anruf noch vor dem Stammtisch zu erledigen. Wenn er Glück hatte, erwischte er Meyer noch vor der ersten Obduktion. Die Nummer war immer noch als Kurzwahl in sein Telefon eingespeichert, obwohl er schon einige Zeit keinen Kontakt mehr zu Meyer gehabt hatte.

„Meyer, Rechtsmedizin!", kam die vertraute Stimme aus dem Telefonhörer.

„Rottmann hier!", entgegnete der Exkriminaler knapp.

„Jaaa, das gibt es doch nicht! Den gestresstesten Pensionisten aller gestressten Pensionisten gibt es auch noch!" Die Begrüßung durch Gottfried Meyer fiel auch nach längerer Kontaktpause gewohnt flapsig aus. „Was kann ich denn für den strahlenden Stern am Kriminalistenhimmel von Würzburg tun? – Oder wolltest du dich nur nach meinem gesundheitlichen Befinden erkundigen?"

„Servus Gottfried, das grenzt ja fast an ein Wunder, dass ich dich schon beim ersten Anruf direkt am Gehörgang habe. Hast du im Augenblick viel zu tun?"

„Kann nicht klagen, Erich, kann nicht klagen. Jetzt sag aber mal, wie geht es dir? Noch immer die Spürnase auf der Fährte geheimnisvoller Morde?"

„Nun, du weißt doch, die Katze lässt das Mausen nicht. Man

muss doch die überlasteten Kollegen in der Mordkommission etwas unterstützen …"

Durch die Leitung kam ein verhaltenes Lachen. „Bin mir nicht so sicher, ob die Kollegen dort das genauso sehen. Aber wurscht, egal, sag mir, wie ich dir helfen kann, ich muss in zehn Minuten in den Sektionssaal."

„Gut, dann kurz und knapp: Hattet ihr schon Georg Hauserzettl, den Kellermeister aus Eibelsdorf, unter dem Messer?"

„Ist erledigt und kann schon abgeholt werden", gab Meyer knapp zurück.

„Ja und? Natürlicher Tod oder hat man nachgeholfen?"

„Das war endlich wieder einmal ein Fall, der von der üblichen Routine abwich. Sehr interessant!"

Rottmann wusste, dass sich Meyer gerne etwas kitzeln ließ, bis er mit den Fakten rausrückte.

„Jetzt red halt schon!", knurrte er.

„Gaaanz langsam! Erst mal müssen die Vertragsgrundlagen festgelegt werden, insbesondere das Honorar", stellte Meyer ganz gelassen fest. „Immerhin verstoße ich ja gegen meine Dienstpflicht, wenn ich dir Obduktionsergebnisse herausgebe. Das kann bös in die Hose gehen. Da gehe ich ein extrem hohes Risiko ein!"

Erich Rottmann stieß innerlich einen Seufzer aus. Gottfried Meyer hatte sich nicht geändert. Er war sich sicher, er grinste dreckig in den Telefonhörer.

„Selbstverständlich das übliche Honorar", entgegnete Rottmann. Das bedeutete, dass er Meyer zu einem oder auch mehreren guten Schoppen einladen musste.

„Also, wie ich schon sagte, ein sehr interessanter Fall. Unser Chef hat ziemlich rumgerätselt, da der Mann eigentlich pumperlgesund war. Ich hab den Chef dann auf eine Röntgenaufnahme von der oberen Halswirbelsäule aufmerksam gemacht …"

„Genickbruch …", wollte Rottmann die Prozedur abkürzen.

„Ha, weit gefehlt!", erklärte Meyer triumphierend. „Bei genauem Hinsehen konnte man erkennen, dass zwischen Schädel und Atlas ein Stichkanal verlief, der durch das Hinterhauptloch ins Rückenmark führte. Wird hier das Rückenmark durchtrennt, stirbt der Mensch schlagartig."

„Und das war der Fall?"

„Sag ich doch! Du musst mir schon zuhören!"

„Welche Waffe braucht es dazu?", fragte Rottmann weiter. Er konnte es sich zwar denken, aber die Expertise des Fachmannes war ihm wichtig.

„Der Stich, der hier geführt wurde, war sehr präzise und erfolgte mit einem sehr scharfen, dünnen, langen Messer. Ein schmales Stilett oder eine entsprechende lange Nadel wären ebenfalls geeignet."

„Aber da hält doch kein Mensch still, damit der Täter die richtige Stelle trifft."

„Richtig. Man muss, um die richtige Stelle zu treffen, den Kopf des Opfers ganz nach unten beugen. Nachdem wir das entdeckt hatten, haben wir nochmals gründlich nachgesehen. Dann haben wir die beiden winzigen Einstiche seitlich von der Brust entdeckt. Sie entstehen, wenn jemand mit einem Taser beschossen wird, einem Elektroschocker, der auf Distanz zwei Stachelpfeile verschießt, die durch die Kleidung in die Haut eindringen und mehrere Tausend Volt Strom abgeben. Dabei wird die Skelettmuskulatur stark kontrahiert, so dass die betreffende Person schlagartig handlungsunfähig wird. Der tödliche Stich ins Genick ist dann kein Problem mehr, wenn man ihn beherrscht."

„Es liegt also definitiv eine Tötungshandlung vor", vergewisserte sich Rottmann.

„Du kannst von Mord ausgehen", bestätigte Meyer.

Rottmann wollte sich schon bedanken und sich verabschieden, als ihn der Sektionsassistent aufhielt.

„Warte, ich habe da noch ein Schmankerl, das dich sicher zum Grübeln bringen wird."

„Erzähl", forderte Rottmann ihn auf, der plötzlich das Gefühl hatte, vor einer entscheidenden Information zu stehen.

„Wir haben, wie wir es immer tun, die Haare der Leiche ausgekämmt. Da haben wir schon die tollsten Sachen zutage gefördert." Er legte eine Kunstpause ein, um die Spannung zu erhöhen. Rottmann hätte ihn gegen die Wand klatschen können, riss sich aber am Riemen.

„Wir haben dabei ein ganzes Büschel Fremdhaare vorgefunden!"

„Du meinst Haare, die nicht von der Leiche stammten?"

„Bingo, der Kandidat hat hundert Punkte!"

„Hat der Mann vielleicht im täglichen Leben eine Perücke getragen?", vermutete Rottmann.

„Kann ich mir nicht vorstellen. Er hat praktisch noch sein volles Haar. Da ist kein Bedarf für eine Perücke oder ein Haarteil."

„Ich nehme an, ihr werdet das genetisch untersuchen?"

„Natürlich. Spaßeshalber habe ich die Haare aber schon mal unters Mikroskop gelegt. Hat mich einfach interessiert. Sie haben eine ganz andere Struktur als die des Opfers. Als wären sie einem noch zu ermittelnden Umwelteinfluss ausgesetzt gewesen."

„Lass es mich wissen, wenn ihr etwas herausgefunden habt. Danke dir, Gottfried!"

„Gern geschehen. ... und wegen des Honorars melde ich mich." Er lachte und legte auf.

Rottmann stand nachdenklich am Fenster und sah auf die Rosengasse hinunter. Jetzt ging es also um Mord. Das war eine ganz andere Kategorie! Bisher konnte man annehmen, irgendjemand wollte dem Weingut Siebenheilig einen Imageschaden zufügen, indem er dort einen Toten ablegte. Nachdem der Kellermeister aber auf diese perfide Weise getötet worden war, würden die Ermittlungen jetzt ganz anders aussehen. Jetzt war die Überlegung, dass an Gernot Siebenheilig ebenfalls eine Gewalttat verübt worden sein könnte, durchaus eine Option. Es blieb aber weiterhin ein Rätsel, warum der Winzer dann verschwunden blieb. Florian Deichler würde jetzt alle Beteiligten nochmals gründlich durchleuchten müssen. Insbesondere ihre Verbindungen untereinander. Einem ersten Impuls folgend, hätte er fast Deichler angerufen. Doch dann bremste er sich. Dass er sich seinen Wissensvorsprung unter Ausnutzung seiner Beziehung zu Gottfried Meyer, also quasi illegal, verschafft hatte, würde sein Amtsnachfolger sicher nicht lustig finden. Rottmann war ja daran gelegen, Deichler weiterhin als Informationsquelle nutzen zu können. Es würde sowieso nicht lange dauern, bis das Obduktionsprotokoll per Mail an die Kripo hinausging.

Wie üblich verließ Rottmann so rechtzeitig sein Haus, dass er mit Öchsle noch gemütlich eine Strecke am Main laufen konnte. Dann hatte der Rüde auch kein Problem damit, später ein paar Stunden unter dem Stammtisch zu ruhen. Wenn man von der Rosengasse in die Straße Am Pleidenturm einbog und von dort den Willy-Brandt-Kai betrat, befand sich dort am Mainufer eine kleine Grünanlage mit diversen Sitzbänken. Einer der alten Bäume mit ihren ausladenden Wipfeln war der erste Markierungspunkt für Öchsle. In Gedanken versunken, seine dampfende Bruyère schmauchend, marschierte Rottmann an der Reihe der Bänke vorbei, als er von der Seite her von einer weiblichen Stimme angesprochen wurde.

„Guten Morgen, Herr Hauptkommissar, schön, Sie auch wieder einmal zu sehen!"

Rottmann fuhr zusammen, als ihn Elvira Starks kräftige Stimme aus seinen tiefschürfenden Überlegungen riss. Er hob den Kopf. Elvira hatte es sich auf einer der Bänke bequem gemacht und hielt ein Buch in der Hand.

„Jaaa ..., grüß dich Gott, Elvira. ... wie kommst du denn daher?" Was Besseres war ihm, überrascht wie er war, nicht eingefallen.

„Wenn du dich vielleicht dunkel erinnern kannst, lebe ich auch in dieser Stadt, noch dazu in derselben Straße, in deiner direkten Nachbarschaft ... und, um ganz präzise zu sein, ich bin hierhergelaufen", kam spitz Antwort.

Erich Rottmann kannte Elvira Stark jetzt schon lange genug, um diesen Tonfall so einzuordnen, dass eine gewisse Vorsicht beim Fortgang des Gesprächs sinnvoll war.

„Setz dich doch mal her zu mir. Du bist in der letzten Zeit so flüchtig wie der Dampf aus deiner Pfeife." Sie klopfte mit der flachen Hand auf die Sitzfläche neben sich. „Wie ich weiß, bleibt dir bis zum Stammtisch ja noch ein wenig Zeit."

Sie schien seine Gedanken lesen zu können.

„Aber gern", erwiderte Erich Rottmann etwas lasch und ließ sich neben ihr nieder. Er wusste, was jetzt kam!

Ihm zugewandt legte sie den rechten Arm hinter ihm auf die Lehne der Bank. „... und, gibt's was Neues? Wenn du mit einem Mal so aktiv bist, steckt doch meistens etwas dahinter. Bist etwa wieder kriminalistisch unterwegs?"

„Wie kommst du denn darauf?", erwiderte Rottmann mit der unschuldigsten Miene, zu der er fähig war.

„Es ist ja nicht zu überhören, dass du in der letzten Zeit öfters als sonst üblich deinen Käfer aus der Garage holst. Und dann habe ich kürzlich zufällig gesehen, wie du vor deiner

Haustür *ohne Öchsle* zu einer jungen Frau ins Auto eingestiegen bist ..."

Jetzt wurde es Rottmann doch ein wenig zu bunt! Auf seiner Stirn erschien eine steile Falte!

„Sag mal, Elvira, überwachst du mich? – Ich kann meinen Käfer aus der Garage holen sooft ich will! ... und ...", fügte er hinzu, „... in fremde Autos einsteigen, wann immer es mir gefällt! Egal, wie viele Frauen drinnen sitzen! Das geht dich definitiv nichts an!"

Elvira hob beschwichtigend beide Hände. Sie merkte, dass sie etwas übers Ziel hinausgeschossen war. Rottmann fühlte sich offenbar heftig von ihr auf den Schlips getreten. Öchsle, der auf der Grünfläche herumschnüffelte, unterbrach seine Betätigung und kam neugierig herangetrabt. Diese Lautstärke war der Rüde zwischen den beiden nicht gewohnt.

„Heijeieieiei, Erich, jetzt reg dich nicht gleich so auf. Was kann ich dafür, wenn man den Käfer durchs ganze Viertel knattern hört? Das kann man nicht ignorieren!"

Rottmann schaltete schon wieder einen Gang herunter.

„Ist ja schon gut", brummte er, „hab's nicht so gemeint." Er streichelte dem Rüden den Kopf, worauf sich dieser wieder den interessanten Düften seiner Umgebung widmete. Er erzählte ihr in aller Kürze, um wen es sich bei den Frauen handelte und welches Geschick sie nach Würzburg geführt hatte.

„Woher kennst du die beiden so gut?"

Rottmann merkte, wenn er diese Frage zufriedenstellend beantwortete, war er aus dem Schneider. Er erzählte ihr von den Hintergründen der Bekanntschaft, der Weinbergsführung und der anschließenden Weinprobe des Stammtisches *Die Schoppenfetzer*.

„Dabei sind auch die Berufe der Schoppenfetzer zur Sprache gekommen. Es ist etwas umständlich zu erklären, aber

Lieselotte Siebenheilig hat mich aus den Vereinigten Staaten angerufen, weil sie in Eibelsdorf offenbar niemand hat, den sie bitten konnte, sich bis zu ihrer Rückkehr um den Unfall und den Verbleib ihres Ehemannes zu kümmern. Das habe ich dann getan. So eine Bitte kann man doch nicht ausschlagen. – Das war alles!" Den letzten Satz betonte er deutlich.

„Also manche Leute haben wirklich Pech", zeigte sich Elvira verständnisvoll. „Ist ja klar, dass du da helfen musstest."

Rottmann sah auf seine Armbanduhr.

„Du willst zum Stammtisch, wie ich sehe", stellte sie fest. „Dann wünsche ich viel Spaß. Ich bleibe noch ein Weilchen sitzen und lese." Demonstrativ hielt sie ihr Buch in die Höhe.

Öchsle holte sich von ihr einen Abschiedsstreichler, dann verabschiedete sich Rottmann von ihr mit einem freundlichen Winken. Kaum ein paar Meter von der Bank entfernt gab er Feuer auf seine Pfeife und dampfend marschierten die beiden davon. Elvira sah ihnen eine Weile hinterher, dann ergriff sie sofort ihr Handy und googelte „Weingut Siebenheilig, Eibelsdorf". Auf der Website war auch die Winzerfamilie abgelichtet. Die Tochter als Weinprinzessin hatte eine eigene Bilderserie. Ein wirklich hübsches Mädchen, stellte sie fest, das die Schönheit eindeutig von ihrer Mutter geerbt hat. Diese war auf einer ganzen Reihe anderer Aufnahmen zu sehen, wo sie mit ihrem strahlenden Aussehen glänzte. Es war offensichtlich, die Frau war sich ihres äußeren Erscheinungsbildes sehr bewusst. Elvira klappte das Handy zu und nahm das Buch zur Hand. Sie würde mit Sicherheit ein wachsames Auge auf ihren Nachbarn haben müssen. Erich Rottmann war manchmal etwas zu gutmütig, besonders bei Frauen. Sie wusste, wovon sie redete, sie hatte ja diese Masche mit dem „hilfsbedürftigen Weiblein" bei ihm auch schon erfolgreich eingesetzt … hin und wieder.

Es war unglaublich, welches Echo der Fernsehbericht von dem Leichenfund im Weingut Siebenheilig in der Öffentlichkeit fand. Schon am frühen Vormittag kamen die ersten Autos auf den Hof, deren Insassen unter dem Vorwand, Wein bestellen zu wollen, neugierige Fragen stellten. Mutter und Tochter lagen noch in den Betten und erholten sich von ihrem Jetlag. Das Telefon war von der Reise her noch auf Anrufbeantworter gestellt, so dass sie von den zahlreichen Anrufen nichts mitbekamen. Pleiner kümmerte sich indessen um die Besucher. Sein Auftreten war unterfränkisch freundlich, das hieß: knappe, gemurmelte Begrüßung, kurze Frage nach dem Kaufwunsch, schnelle Abwicklung, Barzahlung. Für irgendwelche Rechnungen hatte er keine Zeit. Der Bon der Kasse musste reichen. Für Besucher, die sichtlich nur herumfaselten, neugierige Fragen stellten und Selfies schießen wollten, gab's den Standardsatz: „Wenn de wässt, was de willst, kommste widder."

Es waren natürlich auch Pressevertreter dabei, die außerhalb der Grundstücksgrenzen mit Teleobjektiven Fotos schossen. Eine Leiche in der Kelteranlage eines Winzerhofs in einem kleinen Weindorf in Unterfranken versprach, das Interesse von Lesern auch außerhalb der Region anzusprechen. Zwei besonders aufdringliche Exemplare, die gerne Aufnahmen von der Weinprinzessin vor der Kulisse der Kelteranlage gemacht hätten, jagte Pleiner vom Hof, indem er den Wasserschlauch anschloss, scheinbar um den Traktor abzuspritzen. Leider ließ seine Zielgenauigkeit dabei sehr zu wünschen übrig … Etwas eingenässt zogen die Herrschaften wütend von dannen.

Leonie tauchte am frühen Nachmittag als Erste auf. Man sah ihr an, dass sie den Jetlag noch nicht vollständig überwunden hatte. Sie trat auf Pleiner zu und er merkte sofort, dass sie etwas auf dem Herzen hatte. Fragend sah er sie an.

„Könntest du mit mir hinauf in den Wengert fahren, zu dem Platz, wo Papas Traktor abgestürzt ist? Ich möchte mir die Stelle gerne mal ansehen. Es wäre schön, wenn ich dabei nicht alleine wäre."

„Willste dir des wirklich antun?" Er sah sie besorgt an.

„Ja", erwiderte sie knapp.

Sie setzten sich auf den Traktor und Pleiner fuhr mit ihr hinauf zur Figur des heiligen Vitus. Teilweise hatte er die umgerissenen Pfähle schon entfernt und durch neue ersetzt. Auch die Drahtbespannung hatte er neu gezogen. Allerdings konnte man immer noch an den abgebrochenen Rebstöcken die Bahn des sich überschlagenden Traktors verfolgen.

„Wo ist jetzt der alte Traktor?", wollte sie wissen, nachdem sie sich die Stelle ganz still geraume Zeit angesehen hatte.

„Den hat die Polizei hochgezoche und aufn Anhänger verfrachtet. Die ham ihn mitgenomme, weil untersucht wern muss, ob daran herummanipuliert wurde."

„… und sie haben alles abgesucht, ob Papa irgendwo liegt?"

Pleiner nickte. „Den ganze Wengert und den angrenzenden Wald. Auch mit Hünd. Sogar aus der Luft mit em Hubschrauber. Es war, als hätt sich der Gernot in Luft aufgelöst."

Sie stand eine Weile, dann drehte sie sich zu Pleiner um.

„Du kannst ruhig zurückfahren. Ich setze mich noch eine Weile auf die Bank, dann gehe ich zu Fuß heim."

Pleiner sah sie einen Moment prüfend an, dann nickte er. Sie musste das für sich alleine verarbeiten. Er drehte den Traktor um und fuhr langsam den Berg hinunter. Die momentane Situation des Weinguts machte ihm große Sorgen.

Leonie saß neben der Figur des heiligen Vitus und betrachtete die Schönheit des bunten Herbstlaubs, so als wolle die Natur sie für den Schmerz in ihrem Herzen etwas entschädigen. Je länger sie saß, desto schwerer fiel es ihr zu glauben, dass ihr Vater nicht mehr am Leben war. Nach einer guten Stunde erhob sie sich und machte sich auf den Rückweg. Eine Frage bohrte sich seit ihrer Rückkehr aus den USA in ihre Gedanken: Wer, in Gottes Namen, kam auf die perverse Idee, eine Leiche in ihrer Kelteranlage abzulegen? Und vor allen Dingen, was sollte damit bezweckt werden? Sie sollte mit ihrer Mutter ein klärendes Gespräch führen. Immer wieder kam bei ihr das Gefühl hoch, Lieselotte Siebenheilig würde etwas belasten, von dem sie selbst keine Ahnung hatte. Wusste ihre Mutter mehr, als sie preisgab?

Als sie eine gute halbe Stunde später das elterliche Wohnhaus betrat, war ihre Mutter wach. Sie hörte, dass sie sich in dem kleinen Bad neben der Haustür aufhielt und offenbar telefonierte. Sie verstand nur wenige Satzfetzen.

„… das macht mich total fertig …" und „… nein, nein, das kann ich nicht …"

Nun erst fiel die Haustür, die über einen automatischen Schließer verfügte, vernehmlich hinter Leonie ins Schloss. Sie glaubte noch ein paar hastig geflüsterte Worte zu vernehmen, dann trat ihre Mutter aus dem Badezimmer. Sie hatte ihr Haar zu einem Pferdeschwanz zusammengebunden und Leonie erkannte an der noch immer vorhandenen Blässe, dass sie noch nicht geschminkt war. Da sie einen körperbetonten Jogginganzug trug, konnte Leonie in der Hosentasche die Umrisse ihres Handys erkennen.

„Guten Morgen, mein Schatz", begrüßte Lieselotte Siebenheilig ihre Tochter. „Bist du schon lange hier? Du warst früh unterwegs!"

„Ich komme gerade vom Weinberg oben beim heiligen Vitus. Ich habe mich von Pleiner hinauffahren lassen, weil ich die Stelle ganz einfach sehen wollte, wo Papa abgestürzt ist."

Lieselotte Siebenheilig fuhr sich mit der Hand übers Gesicht. „Mein Gott, Kind, ich weiß nicht, ob ich jemals dazu in der Lage sein werde, mir das anzusehen." Ein Schatten huschte über ihr Gesicht.

Leonie wechselte das Thema. „Ich schlage vor, wir trinken erst mal eine Tasse Kaffee, das weckt die Lebensgeister. Wie es aussieht, kannst du das vertragen." Während sie sich in Richtung Küche wandte, fragte sie beiläufig: „Du hast telefoniert? War es etwas Wichtiges?"

Ihre Mutter machte eine nichtssagende Handbewegung. „... der Sekretär vom Weinbauverband wollte wissen, ob wir gut angekommen sind ... und ob es Neuigkeiten wegen Gernot gibt."

Leonie fragte nicht weiter. Für ein Gespräch mit dem Sekretär des Weinbauverbands hatte die Stimme ihrer Mutter ziemlich angespannt gewirkt. Stumm saßen die beiden Frauen auf der Veranda des Wohnhauses, die in Richtung Dorf wies. Danach zog sich ihre Mutter mit der Begründung, sie wolle ein Entspannungsbad nehmen, zurück. Als Leonie etwas später in die Wohnräume zurückging, um sich in ihrem Zimmer ans Kofferauspacken zu machen, kam sie an der offenen Tür des Gästezimmers vorbei, in dem ihre Mutter schlief. Da sah sie ihren Jogginganzug liegen, den sie gerade noch getragen hatte. Sie warf einen Blick zur Badezimmertür. Durch das Oberlicht konnte sie sehen, dass drinnen Licht brannte. Sie zögerte einen Moment, dann überwand sie ihre Skrupel. Schnell huschte sie hinein und betastete die Hose. Das Handy steckte noch drin! Entschlossen nahm sie es heraus und öffnete den Bildschirm. Das Kennwort ihrer Mutter war ihr bekannt. Sie loggte sich in die Protokollfunktion der Telefon-App ein. Das Protokoll war leer! Auch die Liste der Wahlwiederholung zeigte keine Daten auf. Hastig schloss Leonie alle Apps, dann schob sie das Mobiltelefon in die Jogginghose zurück und legte sie so hin, wie sie sie angetroffen hatte. Während sie ihre Koffer auspackte, dachte sie darüber nach, wie lange es gedauert hatte, ihrer Mutter zu erklären, wie man diese Apps leeren konnte. Anscheinend hatte Lieselotte Siebenheilig nach ihrem letzten Telefonat gründlich aufgeräumt. Das konnte natürlich Zufall sein, aber da sie das in der Vergangenheit oft von ihrer Tochter erledigen ließ, wunderte sich Leonie schon etwas über die plötzliche Sorgfalt ihrer Mutter im Umgang mit den Daten auf dem Telefon.

Der Anruf auf Erich Rottmanns Handy kam ziemlich überraschend. Er war gerade mit Öchsle in den Ringparkanlagen unterwegs. Als er den Namen des Anrufers auf dem Display erkannte, zog er die Augenbrauen in die Höhe. Diesmal hatte es Gottfried Meyer aber eilig, sein Honorar bei ihm einzufordern.

„Servus Gottfried", reagierte Rottmann sofort und ließ ihn gar nicht zu Wort kommen, „könnte es sein, dass du Schoppengelüste hast?"

„Hallo Erich, alte Hütte, du kennst mich, Schoppendurst habe ich gewissermaßen chronisch." Er lachte sein typisches keckerndes Meyerlachen.

„Also, dann sag schon: wann, wo, wie?"

„Wir haben unsere Kühlkammer ziemlich aufgeräumt, so dass es mir heute nach Dienstschluss gut passen würde. Sagen wir also 16.30 Uhr, Juliuspromenade, ich komme umweltschonend mit der Straßenbahn. Dann haben wir in die Juliusspital-Weinstuben nur ein paar Schritte."

„Geht in Ordnung", gab Rottmann zurück. Wenn er Glück hatte, kam er vielleicht danach noch zum Stammtisch. Als er gerade auflegen wollte, kam aus dem Lautsprecher ein langgezogenes „Ääähhh ..."

„Ja, Gottfried, ist noch was?", fragte Rottmann nach.

„… ich wollte dir noch sagen, dass ich für dich noch ein Schmankerl habe. Gewissermaßen einen Bonus! – Also dann, bis später!" Jetzt erst war das Gespräch zu Ende.

Erich Rottmann schüttelte den Kopf. Das war typisch Gottfried Meyer. Wahrscheinlich hatte er noch eine Information ausgegraben, mit der er sein Honorar erhöhen konnte. Trotzdem hatte er in dem Exkommissar die Neugierde geweckt. Wenn er rechtzeitig an der Straßenbahnhaltestelle sein wollte, an der Meyer ankam, musste er jetzt umdrehen. Er stieß einen Pfiff aus und Öchsle, der schon fünfzig Meter vorausgelaufen war, hob den Kopf und rannte zu Rottmann zurück. Während des Rückwegs rief Rottmann in den Weinstuben an und reservierte einen Tisch im Außenbereich des Lokals. Er konnte sich noch gut daran erinnern, wie bei ihrem letzten Treffen im Innenraum einige Gäste mit befremdeten Blicken einen Tisch weitergerückt waren, weil sie das rechtsmedizinische Eau de Toilette mit der deutlichen Formaldehyd-Note, das Meyers Kleidern anhaftete, nicht sonderlich appetitanregend fanden. Meyer entstieg pünktlich der Linie 5 und sah sich um. Rottmann stand ein Stück entfernt und winkte ihm zu. Während der Sektionsassistent auf ihn zukam, stellte Rottmann fest, dass der Mann noch immer den gewohnt bleichen Teint hatte, der ihn nur unwesentlich von der Hautfarbe seiner Klientel unterschied. Wenn man von früh bis abends im weißgekachelten Kühlhaus der Rechtsmedizin in einem weißen Arbeitsmantel zwischen blassen Leichen herumhantieren musste, die mit weißen Leinentüchern abgedeckt waren, war es schwer, eine braune Gesichtsfarbe zu bekommen. Hinzu kam, dass Meyer einen fahlgrauen Anzug trug, der ebenso wie die abgegriffene Aktentasche unter seinem Arm gewisse Abnutzungserscheinungen zeigte. Man konnte ohne Übertreibung sagen,

Gottfried Meyer pflegte einen ausgesprochen unauffälligen Retro-Look. Öchsle hielt einen deutlichen Abstand zu Meyer, da ihm die Gerüche des Meyer'schen Kleinklimas gehörig auf die Nase schlugen.

Nach kurzer Begrüßung betraten sie das Weinlokal und der Ober wies ihnen den Weg in den Außenbereich. Sie bekamen einen Tisch in einer ruhigen Ecke, wo sie ungestört waren. Öchsle verzog sich unter Rottmanns Stuhl. Nachdem sie ihre Weinauswahl getroffen hatten und Meyer sich wie selbstverständlich ein Knoblauchsteak on top bestellt hatte, kam er zur Sache. Er griff in seine Aktentasche und legte mehrere geheftete Blätter vor Rottmann hin.

„Hier zunächst mal das Obduktionsprotokoll von diesem Kellermeister. Es bestätigte das, was ich dir schon am Telefon erzählt habe. Zweifellos Mord. Die chemischen Analysen des Blutes et cetera stehen noch aus. Die Betäubung erfolgte eindeutig mit einem Elektroschocker, denn kein Mensch hält still, wenn ihm der Kopf gewaltsam nach unten gedrückt und ein Messer in die Halswirbelsäule gestoßen wird. Es gab auch keine Blutergüsse oder Anzeichen von Fesselungen. Im Übrigen war der Mann vollständig gesund."

Der Kellner brachte die bestellten Schoppen und entfernte sich mit merklicher Eile. Die beiden stießen erst mal an.

„Du hast mir ein Schmankerl versprochen", kam Rottmann zügig auf den Punkt. Er hatte keine Lust, sich irgendwelche Schmonzetten aus der Rechtsmedizin anzuhören. Obwohl niemand in Hörweite war, senkte Gottfried Meyer die Stimme, um seiner nachfolgenden Aussage die erforderliche dramatische Gewichtung zu verleihen.

„Wir werden natürlich unsere Vermutung nochmals feingeweblich untersuchen lassen, aber wie es aussieht, war der Mann, bevor er abgelegt wurde, einige Zeit … *eingefroren!*

Stell dir das mal vor!" Jetzt war es heraus und Meyer sah sein Gegenüber Beifall heischend an. Rottmann hatte es tatsächlich für einen Moment die Sprache verschlagen.

„Du meinst, so richtig, wie in der Gefriertruhe?"

Meyer nahm einen genussvollen Schluck von seinem Schoppen, dann nickte er zustimmend. „Vereinzelt haben wir Anzeichen von Gefrierbrand gefunden. Bei Fleisch und Gemüse zeigt sich das an trockenen, graubraunen Stellen. Da er aber offensichtlich in seinem Schlafanzug eingefroren wurde, musste man schon genau hinsehen, um sie zu erkennen."

„Wie kann man einen ganzen Menschen einfrieren …?" Erich Rottmann kam schwer ins Grübeln.

„So schwer ist das gar nicht. Eine geräumige Gefriertruhe oder ein Kühlraum zum Einfrieren von großen Fleischstücken wie Rinder- oder Schweinehälften. Kein Problem. Hält sich monatelang frisch."

Während der Exkriminaler noch über diese neue Erkenntnis nachdachte, fuhr Meyer fort: „Ich habe dir doch gesagt, dass wir an der Leiche einige lose Haare gefunden haben. Sie waren übrigens auch gefrostet. Wir sind aber sehr sicher, sie stammen nicht von der Leiche. Die genetische Untersuchung läuft noch. Wenn du mich fragst, hat die Täterin, der Täter oder Divers oder die Mehrzahl davon, wenn man politisch korrekt sein will, sie auf dem Toten wissentlich oder ungewollt hinterlassen." Er atmete tief durch. „Heutzutage ist es sehr anstrengend, sich korrekt auszudrücken."

Erich Rottmann hörte ihm schon gar nicht mehr richtig zu. „Gottfried, die genetischen Daten, die bei der Untersuchung herauskommen, werden doch von euch routinemäßig mit den Daten, die ihr in euren Datenbanken habt, verglichen?"

„Ja, das ist Standard. Es gibt verschiedene Möglichkeiten der Überprüfung. Die Polizei macht das ja auch über das Landeskriminalamt. Wenn die DNA dieser Haare schon einmal erfasst wurde, werden wir früher oder später herausfinden, zu welcher Person sie gehören."

Rottmann griff in seine Tasche und legte einen Hundert-Euro-Schein auf den Tisch. „Gottfried, du bist mir bitte nicht böse, aber ich muss jetzt los. Mir ist gerade etwas eingefallen, was ich heute noch erledigen muss. Sorry! Lass dir die Schoppen schmecken. Das Geld wird wohl reichen, um dir den Abend ein wenig alkoholisch zu bereichern." Er erhob sich. „Eine Bitte habe ich noch. Sobald du wegen der Haare irgendwelche Erkenntnisse hast, ruf mich bitte an!" Er gab Meyer die Hand, dann war er draußen. Öchsle beeilte sich, hinterherzukommen. Meyer zog das Schoppenglas von Rottmann, das noch zur Hälfte mit einem trockenen Silvaner gefüllt war, zu sich herüber.

„Wäre schade drum", murmelte er. Rottmann hatte sich überhaupt nicht verändert. Sobald er hatte, was er wollte, machte er sich vom Acker. Genüsslich trank er den Wein aus.

Als dieser Gast nach weiteren eineinhalb Stunden bezahlte und ging, atmeten die Kellner im wahrsten Sinn des Wortes auf. Es gab Gäste, bei denen müsste man eigentlich das Tragen eines Nase-Mund-Schutzes einführen, um sie zu ertragen. Der Oberkellner beschloss, dies bei der nächsten Betriebsversammlung als Verbesserungsvorschlag einzubringen.

Nachdem Rottmann das Weinlokal verlassen hatte, wurde seine Schrittgeschwindigkeit deutlich gemächlicher. Bevor er zum Stammtisch musste, war noch ein wenig Zeit, etwas Muße, um die neuen Erkenntnisse zu verarbeiten. Eines war klar, wenn ein Täter eine Leiche einfror, um sie später irgendwo gezielt abzulegen, lag seinem Vorgehen ein planmäßiges Handeln zugrunde. Stellte sich die Frage, warum der Täter die Leiche des Kellermeisters auf diese Art und Weise präsentierte. Welche Botschaft sollte hier vermittelt werden? Hier sollte eine Art Menetekel an eine imaginäre Wand geschrieben werden. Zur Warnung ... ja ... aber für wen und warum?

Bei diesem Stammtisch war Erich Rottmann ungewöhnlich still. Er beteiligte sich nur sehr zurückhaltend an dem regen Gedankenaustausch seiner Schoppenbrüder. Da die Stammtischbrüder ihren Erich kannten, ließen sie ihn weitgehend in Ruhe. Immer, wenn er etwas Kriminalistisches ausbrütete, verhielt er sich so in sich gekehrt.

Reinhard Pleiner hatte sich am späten Nachmittag zu einem Schläfchen niedergelegt. Er würde diese Nacht wieder wachen. Er war sich sicher, die Gefahr für das Weingut war noch nicht vorüber. Der Verbleib von Gernot Siebenheilig war nach wie vor unbekannt. Wer die Leiche des Kellermeisters abgelegt hatte, wusste auch niemand. Der Sinn, der hinter diesen Handlungen stand, war offenbar selbst der Kriminalpolizei ein Rätsel. Jedenfalls hatte sich in den letzten Tagen niemand mehr sehen oder hören lassen. Er verständigte Lieselotte und Leonie, dass er die Außenbeleuchtung nicht einschalten würde. Auch die Sensoren der Scheinwerfer würde er ausschalten, sie sollten sich also nicht wundern, wenn das Weingut finster blieb. Als sie nach dem Grund fragten, drückte er sich ziemlich vage aus. Er erklärte ihnen, dass er ganz einfach ein bisschen aufpassen wollte, damit sie ruhig schlafen konnten. Bei Dunkelheit seien seine Sinne schärfer. Da die beiden Frauen die exzentrische Art Reinhards kannten, ließen sie ihn gewähren. Lieselotte war ihm besonders dankbar, denn sie fühlte seit ihrer Rückkehr eine unbestimmte Angst in sich. Gernot blieb verschwunden. Schon immer erfüllte sie ein gewisser Aberglaube. Sie fühlte, dass der Geist ihres Mannes über dem Weingut schwebte. Vor ihrer Abreise hatten sie sich ziemlich distanziert voneinander verabschiedet. Das bedrückte sie jetzt.

Kurz vor zwanzig Uhr wachte Pleiner von selbst auf. Auf seine innere Uhr konnte er sich schon immer verlassen. Er saß an seinem Küchentisch und nahm noch eine kleine Stärkung zu sich, als er draußen auf der Veranda leise Schritte hörte, kurz darauf klopfte es an der Tür. Sein Revolver lag noch auf dem Stuhl neben ihm. Er warf schnell eine Zeitung darüber, dann eilte er ins Wohnzimmer. Vor der Glastür stand Leonie, die sich mit einer Taschenlampe den Weg erhellt hatte. Sie winkte ihm zu. Er öffnete. In der Hand trug sie eine Thermoskanne.

„Mama hat gemeint, du könntest vielleicht einen starken Kaffee brauchen, wenn du dir schon die Nacht für uns um die Ohren schlägst. Sie hat auch ein bisschen was zur Stärkung rein." Leonie zwinkerte ihm zu, dann stellte sie die Kanne auf den Wohnzimmertisch. „Lass ihn dir schmecken. Und vielen Dank, dass du dich so für uns einsetzt."

Pleiner bedankte sich, dann verabschiedete sich Leonie wieder. Der Lichtstrahl ihrer Lampe verlor sich in der Dunkelheit der Scheune. Pleiner war ein fast schon süchtiger Kaffeetrinker. Er öffnete den Schraubverschluss der Kanne, näherte seine Nase dem Inhalt und sog genießerisch dessen Aroma ein. Leichte Cognac-Note!

Heute würde er sich an einer anderen Stelle des Guts ansetzen. Er war sich sehr sicher, der Kerl, der den Kellermeister deponiert hatte, war aus Richtung Dorf gekommen. Zwischen Weingut und Dorfbebauung gab es einige Wiesen und Obstbaumgrundstücke, die von Dorfbewohnern benutzt wurden, um den Weg zur Hauptstraße abzukürzen. Da hatte sich mit der Zeit ein Trampelpfad festgetreten. Wenn der Täter die

Leiche beispielsweise auf einen Schubkarren verlud, konnte er, ohne Spuren zu hinterlassen, das Weingut Siebenheilig erreichen. Der Rest war dann nicht dramatisch. Wenn er anschließend auf demselben Weg wieder verschwunden war, hatte ihn Pleiner nicht sehen können. Bevor Pleiner aufbrach, trank er noch schnell zwei große Tassen des Kaffees. Auf die Wache konnte er ihn nicht mitnehmen, da das starke Gebräu so intensiv duftete, dass es ihn unweigerlich verraten hätte. Nachdem er nochmals die Toilette aufgesucht hatte, zog er sich die Kopflampe über, schnappte sich seine beiden Waffen und marschierte los. Wenig später saß er an die Außenwand der Kelterhalle gelehnt auf einem Stück Baumstamm, das hier lagerte, und richtete sich auf eine lange Nacht ein.

Die Uhr des nahen Kirchturms hatte gerade die zweite Stunde geschlagen, als der Fahrer einer Edelkarosse von der Bundesstraße abbog, das Fahrlicht nach hundert Metern löschte und, das Anwesen der Siebenheiligs passierend, in den nächsten Weinbergsweg einbog. Dort parkte er in einer Ausweichbucht, obwohl er eigentlich davon ausging, dass um diese Zeit niemand hier vorbeikommen würde. Er schloss den Wagen möglichst leise, dann machte er sich auf den Weg. Die weichen Schuhsohlen erzeugten keinerlei Geräusch. Sein schwarzer Sportdress verschmolz mit der Dunkelheit der mondlosen Nacht. Er wusste, wie er sich dem Weingut nähern konnte, ohne über den Hof gehen zu müssen. Zum Glück gab es keinen Hund, der ihn hätte verraten können. Blieb nur Pleiner, der, wie er wusste, wie ein Zerberus über die Bewohner wachte. Sie hatte ihm aber über eine Messenger-Nachricht bestätigt, dass er diese Nacht keine Gefahr darstellen würde. Über eine Wiese und ein Obstbaumgrundstück näherte er sich dem Wohnhaus. Immer wieder blieb er im nächtlichen Schatten der Bäume stehen und beobachtete. Im Parterrefenster, das sein Ziel war, konnte er einen schwachen bläulichen Lichtschein erkennen. Das verabredete Zeichen für ihn, dass die Luft rein war! Schon seit Stunden befand er sich in einem permanenten Erregungszustand. Sein Körper produzierte Adrenalin, das für zwei Leute gereicht hätte. Er zitterte fast vor Erwartungsfreude. Man konnte auch sagen, er war richtig geil! Beim Näherschleichen sah er das weit geöffnete Fenster. Darunter an der Hauswand stand ein umgedrehter Plastikbottich. Ohne Zögern trat er auf die Wanne und zog sich am Fensterbrett in die Höhe. Von hier aus war es eine Kleinigkeit, sich in die Finsternis des Raumes fallen zu lassen. Dort half ihm die Frau auf die Beine und schloss schnell das Fenster.

„Endlich!", hörte sie sein leises Stöhnen an ihrem Hals. Ihre guten Vorsätze wurden von einem Strudel ungezügelter Leidenschaft davongerissen. Voller Begierde riss sie ihm die Kleider vom Leib. Unter ihrem Bademantel trug sie nur ein hauchdünnes Etwas von Nichts, das sich binnen Sekunden in ein nutzloses Nichts von Etwas verwandelte.

Nach dem Taumel der ersten Gefühlsstürme lagen sie im Bett und er flüsterte ihr Zärtlichkeiten ins Ohr. Sie schwieg.

Nach gut zwei Stunden suchte er sich im schwachen Schein des blauen Lichts, das ein über die Nachttischlampe geworfener blauer Schal erzeugte, seine Kleidung zusammen und zog sich an. Sie warf sich den Bademantel über, umarmte ihn ein letztes Mal flüchtig und öffnete das Fenster. Es wurde Zeit zu gehen, denn im Dorf würden bald die ersten Frühaufsteher aktiv werden. Die kühle nächtliche Brise erfrischte ihr erhitztes Gesicht. Nachdem sie sich davon überzeugt hatte, dass draußen alles finster und ruhig war, schwang sich ihr Liebhaber über das Fensterbrett. Mit dem Bottich als Stufe erreichte er wohlbehalten den Boden. Er winkte ihr ein

letztes Mal zu, dann huschte er über das angrenzende Obstbaumgrundstück davon. Sie schloss das Fenster und kroch
zurück in das noch körperwarme Bett. Das Kissen trug noch
den Geruch seines männlich markanten Eau de Toilette. Sie
starrte gegen die dunkle Decke. Jetzt, nachdem der Rausch
der Sinne verklungen war und ein gewisses rationales Denken
zurückkehrte, meldete sich ihr Gewissen. Was war sie für ein
Mensch? Ihr Mann war nach einem Unfall verschollen und
sie wälzte sich mit einem anderen im Bett herum. Sie musste
das unbedingt beenden! Während er sie im Arm hielt, würde
sie das nicht schaffen. Gleich morgen würde sie ihn anrufen!
Ganz bestimmt! Sie drehte das Kissen herum, so dass der Duft
des Liebhabers verfliegen konnte. Plötzlich glaubte sie einen
anderen männlich herben Geruch zu empfinden. Ein Geruch,
der ihr viele Ehejahre vertraut gewesen war. Sie begann zu
zittern. Mit aufgerissenen Augen starrte sie gegen die dunkle
Decke des Zimmers. Die Angst raubte ihr den Schlaf. Deutlich
hörte sie Gernots Stimme, der ihr „Du Schlampe!" zuraunte.

Der Mann mit dem Nachtsichtgerät befand sich schon einige Zeit vor dem Liebhaber auf dem Grundstück. Seit
der Rückkehr der beiden Frauen war er jede Nacht unterwegs
und lag auf der Lauer. Früher oder später würde ihm sein
nächstes Opfer in die Falle laufen. Er saß unter einem Birn-
baum auf einer alten Obstkiste, die jemand dort vergessen
hatte. Von seiner Position aus konnte er Pleiner vor der Kelterhalle im Auge behalten und hatte guten Blick auf die Rückseite des Wohnhauses. Als in einem Fenster ein bläulicher
Schein erschien, verzog sich sein Gesicht zu einer wütenden
Fratze. Sie gab offenbar Zeichen. Er zwang sich aber sofort zur
Ruhe. Fast eine halbe Stunde beobachtete er Pleiner. Der
Mann war nicht zu unterschätzen! Und er war bewaffnet. Der

heimliche Beobachter führte dagegen keine Schusswaffe mit sich. Irgendwann konnte er sehen, dass Pleiner der Kopf auf die Brust gesunken war. Schlief der Bursche etwa? Er verzog das Gesicht. Eigentlich hatte er den Exsoldaten als zuverlässiger eingeschätzt. Oder hatte man da gar nachgeholfen, um freie Bahn zu haben? Während er noch darüber nachdachte, sah er nur wenige Meter von sich entfernt eine hochaufgeschossene männliche Gestalt vorbeischleichen, die sich dem Wohnhaus näherte. Am liebsten hätte er den Kerl sofort ausgeschaltet, aber er hielt sich an seine Planung. Sollten die beiden doch ihr Schäferstündchen haben! Danach würde der Absturz von „himmelhoch jauchzend" nach „zu Tode betrübt" umso heftiger sein. Er schaltete sein Nachtsichtgerät aus und lehnte sich gegen den Baum.

Seine Ausdauer wurde auf eine harte Probe gestellt. Zwischendurch schaltete er immer wieder das Nachtsichtgerät ein und überzeugte sich davon, dass Pleiner sich keinen Zentimeter bewegt hatte. Wenn er genau hinhörte, konnte er ihn schnarchen hören. Nach einer gefühlten Ewigkeit vernahm er das leise Geräusch des Fensterverschlusses und er aktivierte die Nachtsichttechnik. Live konnte er in Grün beobachten, wie der Liebhaber durch das Fenster das Haus verließ. Im Hintergrund erkannte er die bekannten Umrisse der Frau. Seine Fäuste ballten sich vor Wut. Schnell zog er sich stabile Gummihandschuhe über, dann erhob er sich vorsichtig und lockerte seine vom Sitzen etwas steif gewordenen Gelenke. Nachdem der nächtliche Besucher die Dunkelheit zwischen den Obstbäumen erreicht hatte, kam Leben in ihn. Mit einem Handgriff zog er den Elektroschocker aus dem Köcher am Gürtel. Mit der Lautlosigkeit einer Raubkatze näherte er sich seinem Opfer, das sich auf dem Rückweg keine große Mühe gab, die Schleifgeräusche seiner Schuhe im halbhohen Gras zu unterdrücken. Der Angriff kam überraschend und es gab keine Chance zur Abwehr. Der integrierte Laserpointer markierte das Ziel, den Rücken des Mannes. Der Schuss erfolgte fast lautlos. In Sekundenbruchteilen bohrten sich die beiden Pfeile, die dünnen Kabelverbindungen abrollend, durch die Kleidung des Getroffenen. Mit einem ächzenden Laut brach der Mann wie ein gefällter Baum zusammen. Der Angreifer verlor keine Zeit. Mit konzentrierten Bewegungen beugte er sich über den Ohnmächtigen, drückte ihm den Kopf auf die Brust und stieß ihm eine stabile lange Nadel, die mit einem Holzgriff versehen war, oberhalb des Atlas ins Hinterhauptloch, direkt ins Rückenmark. Der Mann streckte sich merklich, mehr Reaktionen gab es nicht. Tief durchatmend erhob sich der Angreifer. Große Befriedigung erfüllte ihn. Er gönnte sich aber nur ein paar Sekunden für diese Gefühle, dann bewegte er sich schnell zu seinem Warteplatz, um nach Pleiner zu sehen. Wie es aussah, schlief der noch immer. Der kürzeste Weg für sein Vorhaben führte durch die Kelterhalle. Davor saß aber Pleiner. Er hatte eigentlich vorgehabt, ihn von dort wegzulocken und mittels des Totschlägers, den er auch mit sich führte, außer Gefecht zu setzen. Nachdem der Mann nun aber so tief schlief, könnte er es schaffen, mit der Leiche in einiger Entfernung an ihm vorbeizukommen, ohne dass er bemerkt wurde. Die Kelterhalle konnte man auch vom sich anschließenden Weinkeller aus betreten, dessen zweiten Eingang man von Pleiners Sitzplatz aus nicht einsehen konnte. Er eilte zur Leiche zurück und wuchtete sie sich ächzend über die Schulter. Es ließ sich nichts schwerer schleppen als ein Kadaver. Noch dazu, wenn er so hochgewachsen war. Mehrmals wäre er ihm fast von der Schulter gerutscht. Nachdem er sich ausbalanciert hatte, marschierte er los. Innerhalb von Sekunden stand ihm der Schweiß auf der Stirn.

Reinhard Pleiner erwachte durch eine Amsel, die in einer Hecke in seiner Nähe lautstark ihren Morgengesang verrichtete. Seine Augenlider waren schwer wie Blei und in seinem Kopf spielte ein Verrückter Trommel wie bei einem Kater. Er hatte gestern doch keinen Alkohol getrunken? Es war fast vollständig hell. Ein Blick auf die Armbanduhr zeigte ihm, dass bereits sechs Uhr überschritten war. Er sah sich mit steifem Hals um. War er etwa eingeschlafen? Etwas schwerfällig erhob er sich. Seine beiden Waffen waren noch da. Wäre ihm das in Afghanistan auf Wache passiert, hätten ihm die Taliban wahrscheinlich die Kehle durchgeschnitten. Offenbar wurde er langsam alt. Zwei durchwachte Nächte schaffte er anscheinend nicht mehr. Sein Blick ging automatisch zur Kelterhalle. Sicherheitshalber wollte er dort nachsehen, ob alles in Ordnung war, und betrat das Gebäude steifbeinig. Er atmete auf, diesmal lag keine Überraschung in der Kelteranlage. Er zog die Stirnlampe vom Kopf und steckte sie in seine Jackentasche. Vorsorglich würde er noch einen Kontrollgang über das Weingut machen. Er betrat den kühlen Weinkeller. Etwas abseits von den Edelstahltanks standen zwei große Holzbottiche mit Rotweinmaische. Beim zweiten Bottich irritierte ihn etwas. Es dauerte einen Moment, bis er erfasste, was er da sah. Etwa in der Mitte war die hellrote Maischeschicht durchbrochen und aus der dunkelroten Flüssigkeit ragte ein Gesicht. Die blutrot wirkenden Augen starrten blicklos gegen die Decke des Kellers. Pleiner stieß einen bösen Fluch aus. Wie konnte ihm das passieren? Wie war es möglich, dass er so tief schlief, dass man eine Leiche an ihm vorbeitragen konnte? Dieser Killer musste Nerven wie Stahl haben und sich völlig lautlos bewegen! Die Tatsache, von diesem Menschen regelrecht übertölpelt worden zu sein, erschütterte Pleiner fast noch mehr als der Umstand, wieder eine Leiche auf dem Weingut vorzufinden. Er warf dem Gesicht nochmals einen prüfenden Blick zu. Um Gernot handelte es sich auf jeden Fall nicht, das sah er sofort. Diese Gesichtszüge schien er aber irgendwo schon einmal gesehen zu haben. Aber dieser Eindruck blieb sehr vage. Pleiner machte keine Anstalten, die Leiche anzufassen. Es war offensichtlich, dass hier nichts mehr zu retten war. Der Mann schwamm wahrscheinlich schon seit Stunden im Rotwein. Pleiner verließ den Weinkeller und sperrte das Tor zu, damit nicht versehentlich eine der Frauen auf den Toten stieß. Der Schock würde auch so groß genug sein. Er packte seine Waffen, trug sie in seine Wohnung und verwahrte sie. Danach eilte er zum Wandtelefon in der Packhalle. ‚Langsam entwickele ich im Melden von Leichen eine gewisse Routine‘, dachte er sarkastisch. Erfahrungsgemäß würde es einige Zeit in Anspruch nehmen, ehe die Mordkommission den Hof erreichte. In der Zwischenzeit musste er noch die unangenehme Aufgabe meistern, Lieselotte und Leonie von dem Leichenfund zu erzählen. Leonie könnte langsam wach sein. Für gewöhnlich joggte sie am frühen Morgen eine Stunde durch die Weinberge. Pleiner seufzte. Irgendwie musste er diesen Job hinter sich bringen. Wahrscheinlich waren das heute die letzten verhältnismäßig ruhigen Minuten, bevor die Mordkommission wieder mit ihrem Tross über das Weingut herfiel. Er trat an die Haustür und klopfte dezent. Die Türklingel wollte er nicht benutzen, weil er sich vorstellen konnte, dass Lieselotte noch schlief. Pleiner konnte sich etwas Angenehmeres vorstellen, als am Morgen mit einer Todesnachricht aus dem Schlaf geholt zu werden. Er wollte gerade zum zweiten Mal die Hand heben, als drinnen aufgeschlossen wurde und ihm das verschlafene Gesicht von Leonie entgegensah. Sie trug noch einen Schlafanzug. Ihre Haare standen ziemlich wild vom Kopf ab. Sie war offenbar tatsächlich gerade erst aufgestanden.

„Hallo Pleiner", begrüßte sie ihn, ein Gähnen unterdrückend, „ich glaube, ich habe heute ein wenig verpennt. Was gibt's denn?" In dem Augenblick fiel ihr offenbar ein, dass Pleiner ja Nachtwache gehalten hatte. Seine ernste Miene verriet ihr, dass etwas nicht stimmte. „Was ist los? Hat es heute Nacht wieder ... ein Problem gegeben?" Sie fürchtete sich davor, die Frage präziser zu stellen.

„Schläft deine Mutter noch?", fragte er dagegen.

„Ja, ja, sie ist immer noch nicht ganz fit. Jetzt sag schon! Was ist passiert?"

„Bitte zieh dir was an", erwiderte er sanft, „es wird nicht lange dauern und die Polizei steht auf dem Hof. Außerdem solltest du deine Mutter wecken."

Mit einem Schlag war sie hellwach. „Die Polizei? Es gibt doch nicht schon wieder eine ..." Sie vermochte das Wort nicht auszusprechen.

Pleiner nickte und zuckte mit den Schultern. „Leider."

Sie riss geschockt die Augen auf. „Papa ...?"

Pleiner schüttelte den Kopf. „Nein, das nicht, der Mensch ist ... aber nicht zu erkennen."

Sie riss sich zusammen. „Warte bitte einen Moment. Ich muss Mama wecken!" Sie ließ Pleiner vor der offenen Tür stehen. Er hörte, wie sie drinnen mehrfach nach ihrer Mutter rief. Pleiner setzte sich auf die Bank, die neben dem Hauseingang stand und häufig von Weinkunden genutzt wurde. Er hörte es in der Wohnung rumoren, dann konnte er Lieselottes aufgeregte Stimme hören. Mehrfach vernahm er den Begriff „Polizei". Es vergingen keine zehn Minuten, dann kam Leonie wieder heraus.

„Pleiner, kommst du bitte mal?" Er erhob sich und betrat

durch den Flur die Küche. Lieselotte lehnte sich, mit einem blauen Bademantel begleitet, die Haare zu einem Zopf zusammengebunden, an die Arbeitsplatte der Küche und sah ihn mit großen Augen an.

„Du hast die Polizei gerufen? Leonie hat was von einem weiteren Toten gesagt. Das kann doch nicht sein! Was ist denn auf einmal hier bei uns los? Ich werde noch völlig verrückt! Im ersten Augenblick dachte ich, es wäre Gernot …"

Leonie versuchte sie zu beruhigen. „Mama, jetzt setz dich doch erst einmal hin. Ich habe dir doch gesagt, dass es sich nicht um Papa handelt. Lass Pleiner doch erzählen."

Lieselotte folgte dem Rat ihrer Tochter und setzte sich.

„Weißt du wirklich nicht, um wen es sich bei dem Toten handelt?" Ihre Unterlippe zitterte, so erschüttert war sie.

„Nein. Na ja, vielleicht eine Ahnung. Irgendwie kommt mir das Gesicht bekannt vor." Pleiner lehnte sich gegen den Türpfosten und berichtete in dürren Worten von seinem Leichenfund am frühen Morgen. „Ich mache mir große Vorwürfe. Irgendwann muss ich heute Nacht eingeschlafen sein und habe nichts mitbekommen. So etwas ist mir noch nie passiert! Der Täter muss sich an mir vorbeigeschlichen und den Toten in den Bottich mit der Rotweinmaische vom Spätburgunder gelegt haben."

Die beiden Frauen hingen an seinen Lippen. Insbesondere Lieselotte sah man an, dass sie aufs höchste angespannt war. In dem Moment hörten sie in der Ferne das Heulen einer Polizeisirene.

„Heute sind sie aber schnell", stellte Pleiner fest und stieß sich vom Türpfosten ab. „Ich gehe raus und nehme sie in Empfang."

„Dann bleibt uns noch ein Moment, um uns richtig anzuziehen", stellte Leonie fest.

Pleiner trat vors Haus und verfolgte den Weg des Streifenwagens, der mittlerweile von der Bundesstraße auf die Straße zum Weingut abgebogen war. Die Sirene verstummte, das Blaulicht blinkte weiter. Das Fahrzeug hielt auf dem Hof und zwei Beamte in Uniform traten auf Pleiner zu.

„Uns wurde ein Leichenfund hier auf dem Hof gemeldet", erklärte der ältere der beiden. „Wir sind das Vorauskommando, um den Fundort zu sichern. Wer sind Sie?"

Pleiner stellte sich vor und erklärte, dass sich die Besitzerin, Frau Siebenheilig, und ihre Tochter noch im Haus aufhalten würden. Den Toten hätten sie noch nicht gesehen.

„Sorgen Sie bitte dafür, dass die beiden Damen weiterhin im Haus bleiben und sich für die Mordkommission bereithalten. Es wäre kontraproduktiv, wenn beide hier auf dem Hof herumlaufen, bevor die Kripo da ist. Es besteht die Gefahr, dass wichtige Spuren und eventuelle Beweismittel zerstört werden. Das gilt im Übrigen auch für Sie. – So, jetzt führen Sie uns aber erst mal zum Fundort der Leiche." Er gab seinem Kollegen einen Hinweis, worauf dieser aus dem Wagen eine Rolle Polizeiabsperrband holte. Anschließend folgten sie Pleiner über den Hof zum Weinkeller. Nachdem er die beiden Polizisten eingewiesen hatte, informierte er Mutter und Tochter, dass sie im Haus bleiben sollten. Der frühe Polizeieinsatz auf dem Weingut Siebenheilig blieb im Dorf natürlich nicht unbemerkt.

Nachdem der Fotograf seine Fotos vom Fundort und von der Leiche geschossen hatte, veranlasste Deichler die Bergung des Toten. Die Männer breiteten in der danebenliegenden Kelterhalle wieder eine große Plastikfolie aus und legten den Mann darauf. Deichler empfand es fast wie ein Déjà-vu. Die gleichen Handlungen hatten sie erst vor kurzem hier vorgenommen, als sie die Leiche des Kellermeisters aus der Kelter geborgen hatten. Diesmal lag die Leiche in einem Maischebottich für Rotwein. Der Täter hatte offenbar eine hohe Affinität zum Weingut Siebenheilig. Der Rechtsmediziner untersuchte die Leiche so gründlich, wie es ihm in dieser Situation möglich war. Als er sich erhob, machte sich ein Mitarbeiter der Spurensicherung an die Durchsuchung der Kleidung des Toten.

„Was meinen Sie, Doc?", fragte Deichler.

„Unter den gegebenen Umständen habe ich keine äußerlichen Verletzungen erkennen können. Ob er im Rotwein ertrunken ist oder vorher schon tot war, kann ich Ihnen erst nach der Obduktion sagen." Deichler bedankte sich und der Mediziner ging zu seinem Auto.

Plötzlich erhob sich der Beamte, der die Kleidung der Leiche durchsucht hatte, und wandte sich Deichler zu. Dabei hielt er einen aufgeklappten, durchweichten Geldbeutel und einen Autoschlüssel in der behandschuhten Hand.

„Die Identität des Toten ist geklärt", stellte er fest und hob einen Personalausweis in die Höhe. „Es handelt sich um Herbert Krienerle, sechsundvierzig, wohnhaft in Würzburg, Freischoppenstraße 111." Er ließ den Personalausweis und die Schlüssel in jeweils einen Beweismittelbeutel gleiten, verschloss sie und reichte sie Deichler. „Der Mann ist wahrscheinlich mit dem Auto gekommen. Da es nicht auf dem Gelände ist, muss es ja noch irgendwo hier in der Nähe herumstehen."

„Das suchen wir später", wandte Deichler etwas geistesabwesend ein, weil er sich auf den Personalausweis konzentrierte. Er studierte das Bild. Es gab keinen Zweifel, den Mann hatte er kürzlich bei einer Sendung über unterfränkischen Weinanbau im Bayerischen Fernsehen gesehen. Auch in der Mainpostille war er gelegentlich abgelichtet. Wenn er sich richtig erinnerte, handelte es sich um einen Verwandten des Weinbaupräsidenten, zuständig für Presseangelegenheiten. Da stellte sich für den Kriminalbeamten Deichler die Frage, in welcher Beziehung dieser Krienerle zum Weingut Siebenheilig stand.

Einige Zeit später packten die Männer des Bestattungsunternehmens den Toten in einen Leichensack und legten ihn in die Transportwanne. Wieder ging ein Transport vom Weingut Siebenheilig zur Rechtsmedizin.

Während die Spurensicherer den Maischebottich gründlich absuchten, ob auf der Maische noch irgendetwas Verwertbares schwamm, sprach Deichler mit Pleiner.

„Die Kollegen von der Spurensicherung würden dann gerne den Bottich leeren, um herauszufinden, ob sich darin nicht noch eine Spur oder ein Hinweis auf den Täter finden lässt. Ist das schwierig?"

Pleiner zog die Augenbrauen in die Höhe. „Den ganzen Spätburgunder in den Abfluss?"

Deichler zuckte mit den Schultern. „Sie werden den Wein ja wohl kaum noch verwerten wollen, nachdem eine Leiche darin geschwommen ist …? Sind Sie so freundlich und gehen den Kollegen dabei bitte zur Hand? Danach halten Sie sich für mich zur Verfügung, da ich Ihre Aussage benötige. Ich werde jetzt mal ins Haus zu den Damen gehen." Pleiner nickte mit sorgenvoller Miene.

Der Leiter der Mordkommission hatte jetzt die schwierige Aufgabe, Lieselotte Siebenheilig und ihre Tochter über die neuerliche Leiche zu informieren und sie nach irgendwelchen Zusammenhängen mit dem Weingut zu befragen. Deichler trat auf den Schuhabstreifer vor der Haustür und läutete. Leonie öffnete und ließ ihn wortlos ein. Die beiden Frauen hatten sich mittlerweile etwas zurechtgemacht und saßen in der Küche wie auf Kohlen. Die Ungewissheit über das, was auf ihrem Hof geschehen war, zehrte an ihren Nerven. Deichler ließ sich am Küchentisch nieder.

„So leid es mir tut", begann er, „aber ich kann Ihnen diese Befragung nicht ersparen. Wir sind noch völlig im Ungewissen, was die Hintergründe für die zwei Toten auf Ihrem Hof betrifft. Wie es aussieht, wurden beide Männer ermordet und gezielt auf dem Weingut abgelegt. Dafür muss es doch einen Grund geben. Begonnen hat alles mit dem schweren Unfall Ihres Mannes und seinem rätselhaften Verschwinden. Wir müssen von Ihnen erfahren, ob es in Ihrem Umfeld einen Grund für die Vorgehensweise dieses Täters gibt. Ich erwarte von Ihnen Offenheit!" Er ergänzte: „Ich bin mir sehr sicher, dass es sich um denselben Täter handelt. Sicher wird die Obduktion des heutigen Toten diese These untermauern. Die beiden Ermordeten müssen etwas gemeinsam gehabt haben, was den Täter zu seinen Handlungen bewegt."

Leonie sah erst ihre Mutter, dann den Kriminalbeamten an.

„Gibt es Anhaltspunkte dafür, um wen es sich handelt?", fragte sie vorsichtig. Florian Deichler lehnte sich zurück und fixierte die beiden Frauen.

„Wir konnten in seiner Kleidung einen Personalausweis sicherstellen, ... danach handelt es sich um einen Herbert Krienerle. Er wohnte in Würzburg, Freischoppen ..."

Deichler wurde durch die Urgewalt eines verzweifelten Aufschreis unterbrochen. Er beugte sich schnell über den Tisch, um Lieselotte Siebenheilig zu halten, die so heftig aufgesprungen war, dass der Stuhl nach hinten gegen die Front des Küchenschrankes knallte. Die leere Tasse, die vor ihr gestanden hatte, fiel auf den Boden und zerbrach in tausend Scherben. Leonie sprang ihr er Mutter bei und zog sie in ihre Arme.

„Bitte nein! Neiiiiin!", schrie Lieselotte und raufte sich die Haare. „Nicht auch noch Herbert! Das darf doch nicht sein!" Sie riss sich los und schlug mit beiden Fäusten auf die Tischplatte. Dann brach sie schluchzend zusammen.

Hilflos sah Leonie Deichler an. Der hob den umgefallenen Stuhl auf, damit Leonie ihre Mutter darauf niedersetzen konnte. Lieselotte lag mit dem Oberkörper über dem Tisch und wurde von Weinkrämpfen geschüttelt.

Deichler überlegte einen Moment, dann flüsterte er Leonie zu: „Frau Siebenheilig, ich denke, wir werden die Befragung jetzt nicht fortsetzen können. Wie es aussieht, hat Ihre Mutter den Toten sehr gut gekannt, sonst wäre sie emotional nicht so tief erschüttert. Kümmern Sie sich bitte um sie. Wir werden das Gespräch in den nächsten Tagen, wenn sie wieder etwas stabiler ist, in meinem Büro fortsetzen."

Leonie brachte Deichler kurz zur Tür. Bevor er das Haus verließ, blieb er kurz stehen und fragte mit gedämpfter Stimme: „Wissen Sie, ob Ihre Mutter zu Herrn Krienerle eine … eine nähere Bekanntschaft hatte? Als Weinprinzessin wissen Sie ja sicher, dass er mit dem Präsidenten des Weinbauverbandes verwandt ist."

Ihr Gesicht wurde plötzlich verschlossen. „Dazu möchte ich mich nicht äußern. Das ist Mutters Sache."

Deichler warf ihr einen verwunderten Blick zu, ließ es aber dabei bewenden. Es sagte ihm seine Erfahrung: Im Augenblick würde er keine vernünftige Erklärung bekommen. Lieselotte Siebenheilig gab ihm Rätsel auf. Er hatte sie kennengelernt, als sie erfuhr, dass ihr Mann verschollen war. Er hätte sich schwer getäuscht, wenn sie davon nicht tief betroffen gewesen wäre. Jedenfalls hatte sie am Telefon den Eindruck gemacht. Auch Erich Rottmann hatte sie überzeugt, sonst wäre er ihr nicht zur Seite gestanden. Die Nachricht vom Tod des Kellermeisters machte sie ebenfalls fix und fertig. Und jetzt brach sie vollkommen zusammen, als er sie mit der Ermordung dieses Herbert Krienerle konfrontierte. Offenbar hatte sie neben ihrem Mann auch zu den beiden anderen eine … wie sollte er es bezeichnen … sehr persönliche Beziehung. Die Frau war ihm ein Rätsel.

Als er wieder den Hof betrat, fuhr gerade der Leichenwagen vorbei. Leonie schloss schnell die Haustür hinter ihm, damit ihre Mutter das nicht mitbekam.

Deichler wandte sich wieder dem Weinkeller zu. Er wollte wissen, ob die Spurensicherer noch etwas Verwertbares gefunden hatten. Als er zu ihnen kam, waren sie noch dabei, den Bottich abzulassen. Dazu hatte Pleiner den Ablasshahn geöffnet und der Wein floss in den nächsten Abwasserkanal. Einer der Beamten hatte ein großes, engmaschiges Sieb in der Hand, durch das der Wein geseiht wurde. Pleiner blutete das Herz, das hätte einen ausgezeichneten Spätburgunder gegeben. Ganz langsam näherte sich der Pegel dem Grund. Es ertönten schnorchelnde Laute, als die letzten Liter durch den Auslass flossen. Plötzlich rief der Beamte mit dem Sieb laut „Halt!" und Pleiner schloss geistesgegenwärtig den Ablaufhahn.

„Einen Moment", sagte der Mann und fischte mit den Gummihandschuhen in dem roten Schlick herum, der sich im Sieb gebildet hatte. „Hab ich doch richtig gesehen", verkündete er triumphierend und hob etwas in die Höhe, was man auf den ersten Blick nicht gleich erkennen konnte. Erst als er vorsichtig den roten Schaum abstrich, konnte man ein Büschel Haare erkennen. „Hier schwimmen noch ein paar mehr", stellte er fest und schob die Haare zusammen. Ein Kollege stand schon mit einer Beweismitteltüte bereit und der Beamte wischte den Fund vorsichtig hinein.

Pleiner war zwar nicht ganz klar, warum die Beamten wegen ein paar Haaren so ein Getue machten, aber sie würden schon wissen warum. Gleich darauf war der Bottich leer. Einer der Männer stieg mit Gummistiefeln hinein und durchsuchte peinlich genau die verbliebenen Rückstände. Es war aber nichts Verwertbares mehr zu finden.

Florian Deichler holte die Plastiktüte mit den Autoschlüsseln aus seiner Jackentasche. Er drückte sie einem der Streifenbeamten in die Hand, die noch immer neugierige Zaungäste vom Weingut abhielten.

„Fahren Sie mal die Umgebung ab und drücken Sie durch die Tüte auf die Fernbedienung. Ich vermute, dass der Tote das Auto in der Nähe abgestellt hat."

Nach knapp zehn Minuten kam der Polizist zurück. Das gesuchte Fahrzeug stand in einem Weinbergsweg ganz in der Nähe. Eine sofortige Überprüfung des Kennzeichens bestätigte, der Tote war der Halter des Wagens. Er wurde beschlagnahmt und nach Würzburg zur Kriminaltechnik abgeschleppt. Wie schon beim letzten Toten begann nun die Routinearbeit. Wenig später suchten zwei Kriminalbeamte aus Deichlers Team die nähere Nachbarschaft auf, um die Bürger zu befragen, ob jemandem in der letzten Nacht etwas aufgefallen sei.

Der Anruf erreichte Erich Rottmann auf dem Weg zum Stammtisch, direkt auf dem Unteren Markt. Leonie Siebenheiligs Stimme war hörbar angegriffen, als sie Rottmann die Geschehnisse der Nacht und des Morgens auf dem Weingut schilderte. Rottmann setzte sich auf eine Bank und hörte aufmerksam zu.

„… Mama ist völlig aufgelöst. Sie weiß nicht, was sie machen soll. Die Polizei zieht ihre Ermittlungen durch und verdächtigt offenbar jeden hier auf dem Hof. Ich wollte Sie fragen, ob Sie nicht herkommen könnten, um uns zu unterstützen. Zu Ihnen haben wir halt Vertrauen … Wir wissen wirklich nicht mehr weiter!"

Ein weiterer Toter auf dem Weingut Siebenheilig! Das alarmierte ihn richtiggehend! Es war ganz normal, wenn die Kripo jetzt in alle Richtungen ermittelte, das hätte er nicht anders gemacht. Ein vermisster Winzer und zwei Leichen kurz hintereinander, alles offenbar ohne erkennbare Motive, das war schon mehr als verdächtig! Obwohl er wirklich Lust auf einen genussvollen Frühschoppen verspürte, sagte er zu. Er hatte sich halt mal auf die Sache eingelassen und musste jetzt nach A auch B sagen. Nach dem Gespräch drehte Rottmann auf dem Absatz um und marschierte zurück in Richtung Rosengasse. Öchsle, der wie immer schon ein paar Meter vorausgelaufen war, drehte sich verwundert um, als er sein Herrchen nicht mehr hinter sich sehen konnte. Der Rüde machte eine spontane Kehrtwendung und rannte hinterher. Nach ein paar Metern holte er ihn ein.

Erich Rottmann fuhr seinen vw Käfer rückwärts aus der Garage, dabei warf er einen Blick auf die Tankanzeige. Der Zeiger näherte sich bedenklich der Reserve. Bei der nächsten Tankstelle musste er einen Zwischenstopp einlegen, da man sich auf die Anzeige nicht mehr hundertprozentig verlassen konnte. Der alte Knabe war ganz schön durstig! Eine Eigenschaft, die er mit seinem Besitzer teilte, wie Rottmann schmunzelnd für sich feststellte.

Elvira Stark hörte trotz der Stimme des Fernsehsprechers das typische Knattern des vw-Motors und eilte zum offenen Fenster. Sie war gerade beim Bügeln und sah dabei fern. Bei dieser lästigen Beschäftigung war sie für jede Unterbrechung dankbar.

„Wo er jetzt schon wieder hinwill?", murmelte sie vor sich hin. Sie trat einen Schritt zurück, damit er sie nicht entdeckte, und warf einen Blick auf ihre Küchenuhr. „Eigentlich Stammtischzeit!" Wenn Rottmann den Frühschoppen versäumte, musste das gravierende Gründe haben! Sie sah dem Käfer hinterher, bis er um die nächste Kurve verschwunden war. Ihr Gefühl sagte ihr, dass ihr lieber Nachbar wieder in Sachen Lieselotte Siebenheilig unterwegs war. Sie runzelte die Stirn. In ihren Gedanken hatte sie die Frau gerade Lieselotte *Scheinheilig* genannt. Über ihr Gesicht huschte ein grimmiges Lächeln. Mit einer leichten Adrenalindusche im Blut wandte sie sich erneut dem Berg Bügelwäsche zu.

Als Rottmann eine Dreiviertelstunde später auf den Hof des Weinguts einbog, waren nur noch die Spurensicherer vor Ort, die gerade ihre letzten Utensilien zusammenpackten. Mit einem prüfenden Blick versicherte er sich, dass er keinen der Beamten kannte. Er war schon zu lange aus dem Geschäft. Pleiner stand in der Einfahrt zur Scheune und beobachtete kritisch die Vorgänge auf dem Hof. Rottmann parkte den VW in der Remise und stieg aus. Öchsle sah dem letzten Transporter hinterher, der gerade vom Hof fuhr.

Pleiner musterte Rottmann misstrauisch. Was wollte der Kerl schon wieder da?, schien sein Blick zu sagen. Erich Rottmann ging auf ihn zu.

„Hallo Pleiner", sagte er und nickte dem Mann zu. „Leonie hat mich angerufen und mich gebeten, hierherzukommen. Es hat ja schon wieder einen Toten gegeben. Ihre Mutter scheint völlig mit den Nerven fertig zu sein, wie sie mir sagte."

„Servus Erich", quetschte er hervor, „hier is wirkli die Hölle los. Wüsst nit, was du da helf könnst. Die Polizei is scho den ganze Früh da rumgelaufe."

Rottmann überlegte einen Moment, dann beschloss er Pleiner reinen Wein einzuschenken.

„Pleiner, die Sache ist die: Ich war früher mal der Leiter der Mordkommission in Würzburg. Mit Mord und Totschlag kenne ich mich also ganz gut aus. Die beiden Frauen hoffen darauf, dass ich sie ein bisschen unterstützen kann. Die gesamten Umstände hier sind ja ziemlich verworren. Die Kripo muss ganz neutral erst mal jeden verdächtigen und ihre Ermittlungen betreiben. Ich habe da etwas mehr Spielraum." Rottmann entschloss sich, einen Vorstoß zu unternehmen. „Leonie hat mir gesagt, dass du die beiden Toten gefunden hast. Vielleicht können wir uns mal wo hinsetzen und du erzählst mir, was du weißt. Meine Erfahrung und mein Instinkt sagen mir, du weißt mehr, als du rauslässt. Die Frauen sind meines Erachtens im Moment einfach zu emotional. Du scheinst mir da einen sachlicheren Blick auf die Geschehnisse zu haben." Er sah Pleiner durchdringend an.

Der überlegte einen Moment, dann machte er mit der Hand ein Zeichen, dass Rottmann ihm folgen solle. Einen Augenblick später saßen sie vor Pleiners Wohnung auf der Bank im Vorgarten. Öchsle hielt zunächst Ausschau nach der Katze, nachdem sie sich aber nicht blicken ließ, entspannte er sich und legte sich ins Gras. Mit dürren Worten klärte Pleiner Rottmann über seine militärische Vergangenheit auf. Dann berichtete er von seinen Maßnahmen, die er in den letzten Tagen ergriffen hatte, um die beiden Frauen und das Weingut zu schützen.

„… un trotzdem hab ich die Ermordung von dene zwää Männer nit verhindern könn. Ich hab a Gfühl, was ich awwer nit erklär kann, dass, seit der Gernot verschwunde is, so a komische Bedrohung uff dem Hof liecht. Wie mer gsehn hat, bild ich mir des nit nur ei. Irchendenner is da unterwegs un bringt Leut um ... und dass ich letzte Nacht uff Wache gschlafe hab ... is unverzeihlich!" Er schüttelte den Kopf und verstummte. Rottmann sah ihm an, wie sehr dieser Umstand an seiner Ehre nagte.

„Hast du irgendeine Vorstellung, was hinter dem Verschwinden von Gernot Siebenheilig und diesen Morden stecken könnte?"

„Ich denk, der Gernot is dood. Den ham se nur no nit gfunne. Vielleicht hat ihn enner verschleppt, weil er finstre Absichte hat. Offenbar räumt er jeden wech, von dem er sich eibild, dass er ihm bei der Lieselotte im Weech steht! Könnt gut sei, er denkt des aa vo mir ..." Er zuckte mit den Schultern.

Erich Rottmann klatschte sich mit der Hand auf den Oberschenkel und erhob sich.

„Pleiner, danke für dein Vertrauen. Ich werde jetzt mal mit den beiden Frauen sprechen. Vielleicht kann ich sie ein wenig beruhigen." Rottmann überlegte einen Moment, dann fuhr er fort: „Ich denke, das ist eine Theorie, die nicht völlig aus der Luft gegriffen ist. Vielleicht werden wir uns in den nächsten Tagen öfters sehen. Du kannst sicher ein bisschen Unterstützung brauchen, damit es dich nicht auch noch erwischt." Pleiner zuckte mit den Schultern. Rottmann winkte ihm zu und ging durch die Scheune zum Hauseingang. Er läutete. Es vergingen keine zwei Sekunden, dann wurde die Tür geöffnet und Leonie stand im Rahmen.

„Gott sei Dank, Herr Rottmann, dass sie sich für uns Zeit nehmen können. Kommen Sie doch bitte rein, meine Mutter sitzt im Wohnzimmer ... Wundern Sie sich nicht, aber sie ist ziemlich mitgenommen."

Lieselotte Siebenheilig saß auf der Couch. Auf dem Tisch stand eine Kanne Tee, ihre Tasse war halbvoll. Als sie Rottmann sah, hellte sich ihre Miene kurz auf.

„Grüß Gott, Lieselotte", grüßte Rottmann. Seit er sie das letzte Mal gesehen hatte, war sie sichtlich gealtert. Er ließ sich ihr gegenüber in einem Sessel nieder. Öchsle setzte sich neben ihn.

„Erich", sagte sie leise, „ich danke dir vielmals, dass du die Mühe auf dich genommen hast und hierhergekommen bist ... Ich weiß nicht mehr, wo mir der Kopf steht. So viele Dinge stürzen auf mich ein. Meine Welt bricht zusammen! ... Und ich bin an allem schuld!" Sie verstummte, weil ihr die Stimme versagte.

„Darf ich Ihnen eine Tasse Tee anbieten?", wollte Leonie zwischendurch wissen.

„Nein, danke", erwiderte Rottmann, dann konzentrierte er sich wieder auf sein Gegenüber. „Lieselotte, es ist notwendig, dass du mir einige Fragen ganz ehrlich beantwortest. Leider sind sie sehr persönlich. Ich muss das aber wissen, sonst, fürchte ich, kann ich dir nicht helfen."

Er warf Leonie, die noch unter der Tür stand, einen bezeichnenden Blick zu. Sie verstand sofort, was er meinte. Wortlos drehte sie sich um und verließ den Raum.

„Ist das für dich in Ordnung?", fragte er. „Du kannst dich darauf verlassen, ich werde von dem, was du mir anvertraust, keinen Gebrauch machen, es sei denn, du wärst ausdrücklich damit einverstanden." Er setzte sich zurecht. „Im Übrigen kannst du davon ausgehen, dass die Kripo dieselben Fragen stellen wird."

Lieselotte Siebenheilig sah eine Weile zu Boden, dann nahm sie von ihrer Tasse einen Schluck und nickte ergeben.

„Es muss wohl sein."

„Sollen wir mit dem Verschwinden von Gernot anfangen? Diese Umstände sind so besonders, weil er mit dem alten Traktor in die Weinberge gefahren ist, den er doch eigentlich hütet und pflegt wie seinen Augapfel. Bei der Befragung im Büro der Mordkommission in Würzburg hast du ja alle Fragen verneint, die auf persönliche Probleme deines Mannes hindeuten könnten. Ich frage mal direkt: Wie würdest du eure Ehe bezeichnen?"

Lieselotte Siebenheilig atmete schwer durch. Man konnte ihr ansehen, wie schwer es ihr fiel, diese Frage zu beantworten. Rottmann ließ ihr Zeit.

„Du weißt nicht, wie es ist", begann sie zaghaft, „wenn man in einer Gemeinde wie Eibelsdorf ein Weingut betreibt, einen Familienbetrieb, der einen jeden Tag der Woche voll in Beschlag nimmt."

Rottmann reagierte nicht. Wie es aussah, wollte sie reinen Tisch machen. Ihm war klar, das würde einige Zeit in Anspruch nehmen.

„Jahrzehntelang lebt man nur für die Weinberge, den Wein, die Gäste und dann natürlich für das Kind. Viele Jahre arbeitet man in dieser Tretmühle und merkt gar nicht, dass man sich immer mehr verliert. Weißt du, ich stamme nicht aus einer Winzerfamilie. Meine Eltern hatten in Würzburg einen Frisiersalon. Ein gutgehendes Geschäft, das ich übernehmen sollte. Das wollte ich aber nicht. Ich habe Kosmetikerin gelernt und träumte von einem eigenen Studio. Daraus wurde aber nichts, weil ich Gernot kennenlernte und ich mich Hals über Kopf in ihn verknallte." Sie spielte gedankenverloren mit dem Zipfel eines Couchkissens.

„Gegen den erheblichen Widerstand meiner Eltern heirateten wir dann, weil ein Kind unterwegs war … Die Schwangerschaft ging leider schief, ich habe das Kind verloren. Vielleicht auch, weil ich mich damals in die anstrengende Arbeit im Weingut eingearbeitet habe. Meine Schwiegereltern waren sehr streng. Wenig später starb mein Schwiegervater und

Gernot übernahm das Weingut. Meine Schwiegermutter folgte eineinhalb Jahre später ins Grab nach. Es wurde für mich etwas leichter. Dann wurde ich wieder schwanger und es kam Leonie. Wir waren glücklich, das Weingut machte sich ebenfalls hervorragend. Unsere Ehe war ziemlich traditionell. Mein Mann kümmerte sich um das Gut, ich um Kind, Haus und Geschäfte. Später stellte Gernot noch Reinhard Pleiner ein, der ihn im Weinberg und bei der Weinherstellung unterstützte."

Sie machte eine kurze Pause. Man konnte deutlich sehen, wie es in ihr arbeitete. Rottmann vermutete, dass sie jetzt langsam zum heikleren Teil ihrer Ausführungen kam.

„Irgendwann stellte Gernot Georg Hauserzettl als Kellermeister ein, weil ihm die Arbeit im Keller langsam zu viel wurde. Durch die guten Weine, die wir produzierten, kamen Auszeichnungen, Seminare, Führungen und Wettbewerbe im Ausland dazu. Gernot war häufig nicht zuhause. Leonie ging auf die Schule, Pleiner war im Weinberg und … Georg und ich waren halt oft alleine."

Rottmann hatte den Eindruck, sie war so in ihren Gedanken versunken, dass sie ihn fast schon vergessen hatte.

„Georg war ein feiner Mensch. Geistreich und kultiviert, belesen und er wusste, wie man mit einer Frau umgehen musste. Ich war solche Aufmerksamkeit nicht mehr gewöhnt. Sie war im Alltagsgeschäft untergegangen. Als er dann in die Datscha auf unserem Grundstück oben am Wald eingezogen ist, haben Pleiner und ich ihm beim Umzug geholfen." Sie machte eine Pause. „Einmal waren Georg und ich dann alleine, weil Pleiner anderweitig im Weinberg zu tun hatte. Da sind Georg und ich uns nähergekommen. Ich fühlte mich als Frau sehr geschmeichelt, habe es aber nicht zum Äußersten kommen lassen, weil ich ein Verhältnis mit einem Angestellten für höchst problematisch hielt … und wir brauchten den Kellermeister ja auf dem Weingut."

„Ist es in der Folgezeit bei dieser Distanz geblieben?", frage Rottmann dazwischen.

„Ja. Ich habe zwar seine traurigen Blicke gesehen, aber er hat meine Wünsche respektiert. Wo es ging, bin ich ihm halt aus dem Weg gegangen. – Warum man ihn tot in unsere Kelter gelegt hat, kann ich nicht verstehen."

„Zwischenzeitlich weiß ich, dass er ganz gezielt ermordet wurde", warf Rottmann ein. „Aber das Motiv liegt noch im Dunkeln."

Lieselotte schüttelte verständnislos den Kopf, wischte sich die Augen und schnäuzte sich die Nase, dann konzentrierte sie sich wieder.

„Das Verhältnis zu meinem Mann kühlte sich weiter ab. Ich weiß nicht, ob er die Geschichte mit Georg mitbekommen hat, jedenfalls haben wir uns oft gestritten. Das ging so weit, dass ich eines Tages aus dem ehelichen Schlafzimmer ausgezogen bin. Der offizielle Grund war, dass ich wegen Gernots Schnarchen nicht mehr richtig schlafen konnte. Gernot und ich wussten beide, dass diese Begründung nur vorgeschützt war, ließen es aber dabei bewenden. Wahrscheinlich auch wegen Leonie, die natürlich Fragen stellte."

„Hat das Pleiner mitbekommen?", wollte Rottmann wissen.

„Da bin ich ziemlich sicher. Pleiner ist ein ruhiger, verschwiegener Mensch, aber er hat seine Augen und Ohren überall." Sie trank ihre Tasse aus. Rottmann spürte, dass sie nun Anlauf zu einem weiteren schwierigen Punkt nahm.

„Wir haben uns alle sehr gefreut, als Leonie zur Weinprinzessin gewählt wurde. Das ist ein großes Renommee für ein Weingut, denn man ist dann in aller Munde. Fernsehen, Radio, Empfänge, ständig ist was los und man hat kaum noch

Zeit für etwas anderes. Gernot war darüber auch sehr zufrieden, denn das wirkte sich sofort positiv auf das Geschäft aus. Sehr schnell waren wir uns darin einig, dass ich für Leonie das Management übernehme. Dadurch bin ich in Kontakt mit Herbert Krienerle gekommen, der für den Weinbauverband die Pressearbeit erledigte. In mehreren Sitzungen bis spät in die Nacht erläuterte er mir, wie er Leonie und unser Weingut auch international PR-mäßig aufbauen wolle. Der Umgang mit ihm eröffnete mir eine neue Welt. Eine Welt, in der ich mich sehr wohl fühlte. Herbert war ein ganz anderer Typ als Gernot oder Georg. Er war ein Draufgänger, ein Hansdampf in allen Gassen, der mich sehr schnell heftig anbaggerte. Anders kann ich es nicht ausdrücken. Das hat mir natürlich geschmeichelt. Dann passierte der Eklat. Herbert besuchte mich auf dem Hof, weil er mit mir die bevorstehende Amerikareise besprechen wollte. Herbert sollte als Pressemanager mitkommen, ich als Betreuerin der mitreisenden Weinhoheiten. Gernot war zu einem Termin bei unserem Steuerberater in Kitzingen, Pleiner im Weinberg, Georg auf einem Seminar in Würzburg. Herbert verführte mich nach allen Regeln der Kunst. Ich … ich wurde schwach … – Dann kam Gernot früher zurück und erwischte uns …"

„Du meinst …?"

„Ja, wir … wir hatten Sex … im Lagerraum …", erklärte sie leise. Nach einer Pause fuhr sie fort. „So wütend habe ich Gernot noch nie gesehen. Er rastete völlig aus, riss brüllend Herbert von mir herunter, prügelte ihn mit heruntergelassenen Hosen über den Hof und beförderte ihn mit Tritten in sein Auto. Mit durchdrehenden Reifen flüchtete Herbert … Am nächsten Morgen kam Gernot zu mir ins Büro und erklärte kalt und ultimativ: Sollte Krienerle mit in die USA reisen, bräuchte ich gar nicht mehr auf den Hof zurückkommen.

Das erledigte sich dann aber von alleine. Gernot hatte Herbert so verprügelt, dass er die Reise absagte. Ehrlich gesagt, fiel mir ein Stein vom Herzen. So musste ich mich wenigstens im Augenblick nicht damit auseinandersetzen. Denn dass dies ein existenzielles Problem für unsere Ehe war, war mir sofort klar. Nach meiner Rückkehr aus den USA wollte ich mich mit Gernot aussprechen und das Verhältnis mit Krienerle beenden."

„Du wurdest dann einige Tagen nach deiner Ankunft in Amerika von der Kripo angerufen und man teilte dir mit, dass dein Mann verunglückt und nicht auffindbar ist." Rottmann versuchte das Gespräch etwas zu verdichten.

„Mir ist der Schrecken in alle Glieder gefahren." Sie zog ein Papiertaschentuch aus einer Packung neben sich auf der Couch und wischte sich Tränen aus den Augen. „Ausgerechnet nachdem ich mich entschieden hatte, in meiner Ehe einen Neuanfang zu starten, passierte so etwas." Sie zerknüllte das Taschentuch in der Hand. „Erich, ich bin an allem schuld! Keine Ahnung, warum Gernot mit seinem wertvollen Oldtimer in den Weinberg gefahren ist. Ich weiß nicht, was ihn dazu getrieben hat. Diese Ungewissheit macht mich fertig! Du wirst mich sicher für verrückt halten, aber manchmal habe ich das Gefühl, Gernot geistert in der Nacht durchs Haus."

„Liebe Lieselotte, nimm es mir nicht übel, aber Geisterglaube ist nicht so mein Ding. Für mich zählen Fakten. Vermutlich spielt dir dein schlechtes Gewissen einen Streich. Es tut mir leid, aber die Wahrscheinlichkeit, dass dein Mann sich bei dem Unfall eine tödliche Verletzung zugezogen hat, ist sehr hoch. Früher oder später wird man ihn finden."

Rottmann blieb sachlich. „Hast du nach deiner Rückkehr Herbert Krienerle noch einmal getroffen? Aus irgendeinem

Grund muss er ja heute Nacht hier aufs Weingut gekommen sein."

„Auch das ist meine Schuld", erklärte sie und musste sich schon wieder Tränen abwischen. „Nach meiner Rückkehr wollte ich mich wirklich mit ihm aussprechen und die Beziehung beenden. Erst recht, nachdem Gernots Schicksal mein Gewissen belastet hatte. Wir verabredeten, dass er mich in der vergangenen Nacht aufsuchen sollte. Ich erklärte mich bereit, für ihn das Fenster meines Schlafzimmers offen zu lassen, damit er einsteigen konnte. Leonie und Pleiner sollten nichts mitbekommen. – Ich schäme mich, es sagen zu müssen, aber kaum war er bei mir und nahm mich in den Arm, waren meine guten Vorsätze vergessen. Wie weggeblasen!" Sie schluchzte und konnte nicht mehr weitersprechen.

„Dieses Problem hat sich ja nun erledigt", gab Rottmann härter zurück, als er beabsichtigt hatte. „Als Krienerle dich verließ, war da alles in Ordnung? Hast du draußen etwas beobachtet, was uns weiterhelfen könnte? Warum konntest du so sicher sein, Pleiner würde deinem Liebhaber nicht in die Quere kommen?"

„Als Herbert ging, war es draußen stockfinster, ich habe niemand bemerkt. Pleiner war keine Gefahr … weil … weil ich ihm für die Nachtwache einen Kaffee aufgebrüht habe, in den ich ein starkes Schlafmittel reingemischt hatte." Ein heftiger Weinkrampf erschütterte erneut ihren Körper und hinderte sie am Weitersprechen.

„Es tut mir leid, Lieselotte, aber du wirst wohl nicht umhinkommen, der Kripo reinen Wein einzuschenken." Erich Rottmann bemühte sich um ein neutrales Gesicht, stand auf, öffnete die Tür und rief nach Leonie. „Leonie, komm bitte und sieh nach deiner Mutter."

Einen Moment später stand die junge Frau im Zimmer und setzte sich neben Lieselotte auf die Couch.

„Ich werde jetzt mit der Kripo sprechen", erklärte Rottmann, „vielleicht kann man eure Aussagen hier vor Ort aufnehmen, um euch den Weg nach Würzburg in die Polizeidirektion zu ersparen."

Lieselotte kämpfte sich durch ihre Tränen und stieß hervor: „Erich, ich habe solche Angst! Kannst du nicht heute Nacht hier schlafen? Ich habe das schreckliche Gefühl, dass der Mörder als Nächstes mich tötet!"

Auch Leonie fand die Bitte ihrer Mutter gut, denn sie meinte: „Herr Rottmann, das wäre kein Problem, wir haben mehrere Gästezimmer, da können Sie gerne eins haben ..." Sie sah ihn bittend an.

Damit hatte Rottmann nun wirklich nicht gerechnet. Dieser anfängliche Gefallen nahm ziemlich persönliche Ausmaße an ... Erich Rottmann wusste nicht, was er darauf antworten sollte. Schließlich versuchte er es mit einem Kompromiss. „Ich fahre jetzt mal nach Hause und rede mit Herrn Deichler wegen eurer Vernehmung. Vielleicht erfahre ich auch schon Neuigkeiten aus der Rechtsmedizin. Wir können ja heute Nachmittag noch einmal telefonieren."

Jetzt sah er zu, dass er so schnell wie möglich die Wohnung verließ. Die Dinge, die ihm Lieselotte Siebenheilig anvertraut hatte, musste er erst einmal verdauen und einordnen. Als er sich in seinen Käfer setzte, konnte er Pleiner nirgendwo sehen. Rottmann fuhr vom Hof und lenkte seinen VW in die Weinberge. Irgendwie zog ihn die Absturzstelle magisch an. Er parkte, dann stiegen er und Öchsle aus und spazierten langsam über den Weinbergsweg. Ehrlich gesagt, berührte ihn der Seelenzustand der Winzergattin sehr, obwohl die Probleme im Grunde natürlich hausgemacht waren. Wie es aussah, hatte sich der Schlamassel in dieser Ehe langsam entwickelt und jeder hatte seinen Anteil am Scheitern. Diese Eskalation konnte allerdings keiner voraussehen. Rottmann sah ins Tal hinunter und freute sich über die vielen Farben des Weinlaubs. Diese Erfahrung war für ihn wieder einmal ein Grund, über eine eheliche Bindung gar nicht erst nachzudenken. Sicher wäre das auch ein Lehrstück für Elvira Stark! Er beschloss, ihr über dieses zwischenmenschliche Chaos in dieser Ehe bei Gelegenheit sehr nachdrücklich zu berichten. Schließlich musste man Menschen, die sich diesbezüglich Illusionen hingaben, ein klares Bild von der Wirklichkeit vermitteln. Da waren lebende Beispiele immer ganz hilfreich. Eine halbe Stunde später fuhr er zurück nach Würzburg. Während des Spaziergangs war ihm eine großartige Idee gekommen. Erhob sich nur die Frage, ob er sie auch in die Realität umsetzen konnte.

Bevor Rottmann mit Florian Deichler redete, musste er erst noch ein paar Informationen bei Gottfried Meyer einholen. Hoffentlich hatte sich das Institut schon mit der Leiche von Herbert Krienerle beschäftigt. In seiner Wohnung angekommen, griff er zum Hörer und rief in der Rechtsmedizin an. Gottfried Meyers Apparat war belegt, er schien also da zu sein. Rottmann sah auf die Uhr. Konnte gut sein, dass sie bereits mit der Obduktion von Herbert Krienerle fertig waren. Die meisten Rechtsmediziner fingen gerne frühzeitig mit der Arbeit an, so blieb am Nachmittag auch noch ein wenig Zeit für den Tennisplatz. Zehn Minuten später kam er durch.

„Mein lieber Erich, ich fühlte mich sehr geehrt, so kurz hintereinander deine Aufmerksamkeit zu erregen. Was mich dann doch ein wenig nachdenklich macht, ist die Tatsache, dass das immer dann der Fall ist, wenn kurz vorher eine

Leiche aus Eibelsdorf hier eingeliefert wurde. Heute früh erst wieder. Wie ich den Papieren entnommen habe, sogar etwas prominent."

„Habt ihr ihn schon …?"

„Aber selbstverständlich, lieber Erich, wir sind doch flott! Aber bevor du mir wieder ein Loch in den Bauch fragst: Er wurde wie der Kellermeister mit einem Schocker gelähmt und dann ebenfalls nach allen Regeln der Kunst abgestochen. Wie gehabt, ein Stich mit einem Dolch oder einer Nadel durch die Wirbelsäule ins Rückenmark. Er ist also nicht im Rotwein ertrunken, was ich mir, nebenbei bemerkt, als Todesursache für mich selbst ganz gut vorstellen könnte, sondern war bereits tot, als man ihn darin versenkt hat."

„Sieht also nach demselben Täter aus?"

„Exakt dieselbe Handschrift, würde ich sagen."

„Damit bist du mich auch schon wieder los", stellte Rottmann fest und wollte das Gespräch schnell beenden, bevor Gottfried Meyer einfiel, erneut ein flüssiges Honorar einzufordern.

„Halt, warte", hielt ihn Meyer zurück. „Da sind noch zwei Kleinigkeiten: Erstens, der Tote hatte kurz vor seinem Ableben Geschlechtsverkehr, falls es dich interessiert. Zweitens, man hat uns von einem Unfall in den Weinbergen, bei dem ein gewisser Gernot Siebenheilig zu Schaden gekommen ist, das an der Unfallstelle gefundene Blut zur Untersuchung und Bestimmung der DNA zugeleitet. Das Ergebnis ist jetzt da. Blutgruppe A/B negativ, also diesbezüglich keine Besonderheiten. Aber jetzt kommts!" Er machte eine Kunstpause. „Die DNA des Blutes ist identisch … mit der DNA der Haare, die man an der Leiche des Kellermeisters sichergestellt hat!"

Jetzt verschlug es Rottmann die Sprache. Das war ja der Hammer!

„Oh Mann, wieso rufst du mich nicht gleich an? Das ist doch wichtig!"

„Jetzt bleib mal geschmeidig! Ich hab's dir doch jetzt gesagt. Das Ergebnis kam erst gestern am späten Nachmittag, zu einer Zeit, wenn der Herr Kriminalkommissar a. D. beim Stammtisch weilt, wie man allgemein weiß. Selbst die Kripo hat erst heute Morgen eine Mail bekommen."

Rottmann ließ sich auf keine weitere Diskussion ein. Er bedankte sich bei Meyer und legte auf. Das konnte bedeuten, dass Gernot Siebenheilig in das Ableben des Kellermeisters verstrickt war. Dazu musste er aber noch leben! Vielleicht waren die Haare aber auch eine Botschaft! Pleiner hatte ihm erzählt, dass die Spurensicherer aus dem Bottich mit Rotweinmaische auch einige Haare herausgefiltert hatten. Die mussten schleunigst untersucht werden!

Er griff zum Hörer und rief Florian Deichler an.

„Hallo Erich, du hast mir zu meinem Glück gerade noch gefehlt", begrüßte ihn sein Amtsnachfolger etwas gereizt. „Was hast du denn diesmal auf dem Herzen …?"

Oh, oh, dachte Rottmann, da stand offenbar jemand gewaltig unter Stress.

„Servus Florian, ich wollte dir nur etwas mitteilen. Ich nehme an, die beiden Toten in Eibelsdorf machen dir zu schaffen." Es war eine Feststellung. „Lieselotte und Leonie Siebenheilig haben mich wieder angerufen. Sie haben richtig Angst. Sie denken, sie könnten als Nächste ins Visier des Killers kommen. Deshalb baten sie mich, in den nächsten Tagen auf dem Weingut zu wohnen. Sie würden sich einfach sicherer fühlen. Nur damit du Bescheid weißt, ich werde mich also einige Tage dort aufhalten." Durchs Telefon kam ein Geräusch, als würde Deichler Dampf ablassen.

„Im Prinzip gebe ich dir recht, ich habe auch schon darüber nachgedacht, ob man die beiden Frauen nicht unter Polizeischutz stellen sollte. Aber du kennst doch unsere Personalknappheit und bei kritischer Betrachtung sehe ich im Augenblick für sie noch keine akute Bedrohung. Wenn es der Täter wirklich auf sie abgesehen hätte, hätte es doch schon Gelegenheiten genug gegeben. Aber Erich, wenn du denkst, du könntest die beiden Frauen etwas beruhigen, dann hast du meinen Segen."

Mit so einem schnellen Einverständnis hatte Rottmann jetzt nicht gerechnet!

„Gut. Schön. Dann mach ich das so. Ich bin ja dort auf dem Handy erreichbar. Wenn ich etwas merke, was zur Aufklärung beitragen kann, informiere ich dich natürlich." Er wollte schon auflegen, als ihm gerade noch einfiel, weswegen er auch angerufen hatte. „Einen Moment noch, Florian, ich habe da eine Information, die dich interessieren könnte. Bei einem Abgleich der DNA des an der Unfallstelle im Weinberg gefundenen Blutes von Gernot Siebenheilig mit den an der Leiche von dem Kellermeister Georg Hauserzettl gefundenen Fremdhaaren wurde eine mit an Sicherheit grenzender Wahrscheinlichkeit gegebene Übereinstimmung festgestellt. Ein Aspekt, der bei den Ermittlungen sicher neue Ansätze möglich macht."

„Erich Rottmann!", tönte der Aufschrei durch den Hörer. „Sag bloß, du hast wieder irgendwelche dunklen Kanäle angezapft! Du machst mich noch wahnsinnig!"

„Lieber Florian, ich bin überzeugt, du bekommst das im Laufe des Tages noch offiziell mitgeteilt. Jetzt kannst du dafür sorgen, dass auch die Haare, die man im Rotweinbottich gefunden hat, mit diesem Ergebnis schleunigst abgeglichen werden."

„Rottmann, dieses Gespräch ist jetzt beendet!", fauchte Deichler. Das gepflegte unterfränkische Schimpfwort, das

Deichler ausstieß, konnte Erich Rottmann schon nicht mehr hören. Der grinste vor sich hin, dann wurde er schlagartig wieder ernst. Die Überwindung der schwersten Hürde zur Realisierung seiner Idee stand ihm noch bevor. Ein Druck auf die Kurzwahltaste und der Apparat ratterte Elvira Starks Telefonnummer herunter. Schon nach dem zweiten Läuten nahm sie ab.

„Hallo Erich, was für eine Überraschung, dass du mich mal anrufst!"

Sie hatte natürlich seine Nummer auf dem Display gesehen und mitbekommen, dass der Käfer wieder in der Garage stand.

„Hallo Elvira, hättest du für mich eine Viertelstunde Zeit? Kann ich mal rüberkommen, ich müsste was mit dir besprechen."

„Das klingt aber sehr geheimnisvoll", erwiderte sie. „Selbstverständlich kannst du mich besuchen. Ich werde schon mal für Öchsle ein Wienerchen herauslegen."

Einige Minuten später läutete Rottmann am Nachbarhaus und der Türöffner knarrte. Wie immer rannte Öchsle die Stufen vorneweg. Der Rüde bekam fast immer ein Wienerchen, wenn sie Elvira besuchten. Entsprechend war er motiviert. Als Rottmann das oberste Stockwerk erreichte und Elviras großzügige Eigentumswohnung betrat, war er ziemlich außer Atem. Sie bat ihn herein.

„Setz dich ins Wohnzimmer, ich will nur schnell Öchsle sein Leckerli geben."

Rottmann gab brummend seine Zustimmung. Elvira hatte den Rüden definitiv unumkehrbar verwöhnt. Öchsle war bereits in die Küche gestürmt und baute sich vor der Arbeitsplatte auf. Seine feinen Sinne verrieten ihm das Würstchen oben in unerreichbarer Höhe. Aber dafür hatte er ja schließlich sein Personal. Nachdem er mit dem Wienerchen im

Maul unter den Wohnzimmertisch verschwunden war, fragte Elvira: „Erich, möchtest du einen Schoppen? Ich habe mitbekommen, dass du fast den ganzen Vormittag mit deinem Käfer unterwegs warst. Da konntest du sicher nicht zum Frühschoppen."

Rottmann lehnte dankend ab. „Ich muss noch Auto fahren." Elvira runzelte die Stirn. Das war ungewöhnlich! Wollte er denn jetzt schon wieder weg?

„Elvira … ich hab da ein Problem", begann er zögernd. Sie beugte sich nach vorne und signalisierte damit volle Aufmerksamkeit. Derartiges Herumgeeiere war sie von Erich Rottmann nicht gewöhnt.

„Ich habe dir doch kürzlich von den Problemen im Weingut Siebenheilig erzählt. Die Geschichte mit dem Unfall des Winzers im Wengert und der Tatsache, dass er nirgendwo aufzufinden war. Mittlerweile sind dort ziemlich schlimme Dinge passiert." Er sammelte sich, bevor er Elvira auch von den beiden Leichen und der Beziehung Lieselottes zu dem zweiten Mordopfer erzählte. Er musste aufpassen, dass er sie nicht zu sehr schockierte.

Am Ende fasste er zusammen: „Für beide Opfer gilt: eindeutig ermordet! Hinweise auf den Täter: gleich null!"

„Mein Gott", warf Elvira betroffen ein, „wer macht denn so was?"

„Du kannst dir vielleicht vorstellen, wie es Mutter und Tochter geht. Besonders Lieselotte ist nur noch ein nervliches Wrack."

Derart lange Einleitungen waren bei Erich Rottmann äußerst ungewöhnlich, daher vermutete sie, dass er jetzt langsam zum Punkt kommen würde. Bis jetzt hatte sie noch keine Vorstellung, was er von ihr wollte.

„Lieselotte sind die ganzen Vorgänge unheimlich. Irgendwie hat sie das Gefühl, als wäre das Weingut verflucht und es treibt sich dort in der Nacht jemand herum und bringt Menschen um! Da hat sie mich in ihrer Not gefragt, ob ich nicht ein Gästezimmer bei ihnen beziehen könnte. Sie würden sich dann sicherer fühlen. – Das ist natürlich alles Aberglauben, aber was will man machen …"

Elviras Reaktion war erstaunlich, für Rottmann eher beängstigend. Ihre Miene blieb völlig neutral und sie schwieg weiter. So fuhr er fort: „Ich habe soeben mit Florian Deichler gesprochen, er sieht wegen Personalmangels derzeit keine Möglichkeit, ihnen Polizeischutz zu geben. Er ist aber auch der Meinung, es wäre keine schlechte Idee, wenn ich mich dort ein paar Tage aufhalte, bis die Kripo den Täter geschnappt hat."

Elviras Ruhe, die Rottmann eher wie die Stille vor dem Sturm vorkam, veranlasste ihn, sein eigentliches Anliegen, um das er die ganze Zeit herumgeredet hatte, nun zügig vorzubringen.

„Liebe Elvira, ich möchte dich daher bitten, mir dein Wohnmobil für ein paar Tage auszuleihen. Damit wäre ich autark … und müsste nicht im Haus schlafen."

Jetzt war es raus und er atmete durch. Elvira reagierte einen Moment gar nicht, dann atmete sie tief durch.

„Erich, es ehrt dich sehr, dass du den beiden Frauen helfen willst, wobei ich annehme, dich reizt mehr die Möglichkeit, vor Ort zu sein und den Fall aufzuklären."

Rottmann öffnete den Mund, um etwas zu sagen, aber sie hob die Hand.

„Florian ist ein sehr zuverlässiger Kriminalbeamter, aber das weißt du ja selbst. Wenn die beiden Frauen in ernsthafter Gefahr wären, würde er mit Sicherheit Polizeischutz möglich machen, Personalmangel hin oder her. Wenn ich jetzt nein sagen würde, säßest du eine halbe Stunde später in deinem vw und wärst unterwegs. Frage mich nicht warum, aber ich habe das Gefühl, wenn ich dir nicht helfen würde, wäre die Gefahr dort für dein Seelenheil größer als für die beiden Damen." Sie verschränkte die Arme vor der Brust. „Was wäre ich für eine Freun ... ich meine Nachbarin, wenn ich dich nicht vor körperlichen ... und moralischen Gefahren schützen würde."

Er wollte etwas einwenden, aber sie erklärte: „Ich bin noch nicht fertig!" Sie streichelte Öchsle über den Kopf, der sich leise bei ihr angeschmiegt hatte.

„Erich, du kannst das Wohnmobil haben!" Er zog erstaunt die Augenbrauen in die Höhe, merkte dann aber, dass da noch etwas nachkommen würde. „Du kannst es haben ... aber nur im Kombipack!" Er sah sie fragend an.

„Ich werde selbstverständlich nach Eibelsdorf mitkommen!" Als er Luft schnappte, um etwas zu entgegen, wurde sie einen Halbton höher. „Ich habe noch jede Menge Urlaub und der muss abgebaut werden. So ein paar Tage Entspannung auf einem Weingut im fränkischen Weinland ist genau das Richtige, was ich jetzt brauchen kann. Vielleicht kann ich mich sogar ein bisschen bei der Betreuung der beiden bedrohten Frauen einbringen. Du wirst sehen, das werden schöne Tage! Sicher auch für Öchsle." Der Rüde wedelte mit dem Schwanz. „Siehst du, er freut sich!"

Jetzt hatte es Rottmann tatsächlich die Sprache verschlagen. An eine derartige Entwicklung seines Anliegens hatte er bei Gott nicht gedacht. Jetzt musste er aufpassen, dass er nicht in irgendwelche Fettnäpfe trat.

„Äh ... Elvira, das ist im Ansatz ja ganz toll von dir, wie du mich unterstützen willst ... aber ... aber ... hast du mal darüber nachgedacht, dass das ziemlich gefährlich werden kann?

Ich bin ja dort nicht, um Urlaub zu machen! Dort geht ein Killer um und bringt Menschen wirklich brutal um die Ecke!"

„Das hast du mir ja schon ausgiebig erklärt. Aber Erich, wenn du dabei bist, muss ich mir doch genauso wenig Sorgen machen, wie … wie die beiden hübschen Winzerinnen, oder?"

„Wie, um Gottes willen, hast du dir das vorgestellt?"

„Ganz einfach. In zwei, drei Stunden sind wir startbereit. Ich rufe im Rathaus an und erkläre der Personalabteilung, dass ich aus familiären Gründen einige Tage Urlaub benötige. Ich denke, eine Woche wird vorerst reichen. Dann fahren wir raus zur Kalten Quelle, ich starte das Wohnmobil und los geht's nach Eibelsdorf. Alles, was wir benötigen, ist doch im Camper drin, den Rest kaufen wir in Eibelsdorf ein. Die werden doch dort so etwas wie einen Tante-Emma-Laden haben."

„Du willst fahren …?"

„Ja warum nicht. Du wirst ja wohl deinen Käfer mitnehmen wollen, damit du nicht bei jeder Gelegenheit mit dem Wohnmobil in der Gegend rumkurven musst."

Erich Rottmann diskutierte nicht lange herum. Er merkte, Elviras Entschluss stand fest. Wenn sie sich einmal etwas vorgenommen hatte, konnten nur Naturgewalten sie davon abbringen.

„Also gut, einverstanden, wenn auch mit großen Bedenken", erklärte er. Sie würden noch ein paar notwendige Dinge erledigen, die bei einer längeren Abwesenheit notwendig waren, dann wollten sie sich zusammentelefonieren.

Rottmann hatte sich die Erfüllung seines Anliegens etwas anders vorgestellt, aber wenn er ernsthaft drüber nachdachte, war Elviras Vorschlag gar nicht so schlecht. Sie konnte sich mit den beiden Frauen zusammensetzen und ihnen mit ihrer lockeren, ungezwungenen Art ein wenig die Angst nehmen.

Elvira organisierte ihren Urlaub. Rottmann rief Xaver Marschmann an, erklärte ihm, dass er für eine gute Woche verreisen müsste, und bat ihn, die Stammtischbrüder entsprechend zu informieren. Schließlich betrat er sein Schlafzimmer. Er warf einige Sachen in eine Reisetasche, dann stellte er einen Stuhl vor seinen Schlafzimmerschrank und holte die Schuhschachtel heraus, in der er seinen Derringer verwahrte. Er wickelte den handtellergroßen, doppelläufigen Revolver aus und betrachtete ihn nachdenklich. Es war schon ein paar Jahre her, dass er ihn benutzen musste. Danach hatte er ihn sorgfältig gereinigt und in ein öliges Tuch eingewickelt. Er probierte die Mechanik, alles funktionierte einwandfrei. Vielleicht war es kein Fehler, die Schusswaffe mitzunehmen. Immerhin hatte der Killer schon zwei Menschen getötet. Rottmann musste ja in der Lage sein, die beiden Siebenheiligs, Elvira und sich zu beschützen. Der Exkriminaler öffnete die Schachtel mit Munition, die mit in dem Schuhkarton lag. Von den ursprünglich fünfzig Patronen waren nur sechs verschossen. Kurz entschlossen packte er die Waffe und die Munition in seine Tasche. Der Waffenschein lag bei den Dokumenten in einer Schublade, er legte ihn zwischen die Kleidungsstücke. Aus der Speisekammer holte er Öchsles Futtersack. Ein Napf und ein Hundebett befanden sich seit ihrer Norwegenreise im Camper. Nachdem er seine Vorbereitungen getroffen hatte, rief er auf dem Weingut an. Leonie war am Apparat. Sie klang sehr erleichtert, als er ihr mitteilte, dass er mit einem Wohnmobil kommen würde und gerne direkt auf dem Grundstück parken wollte.

„Ich hoffe, das geht in Ordnung. Dann bin ich immer in eurer Nähe und kann, ohne euch belästigen zu müssen, vom Camper aus aktiv werden, falls es notwendig sein sollte. – Allerdings benötige ich einen Stellplatz mit Stromanschluss ..."

„Das ist alles wunderbar! Vielen Dank für Ihre Mühe! Strom liegt in jedem Gebäude, das ist kein Problem."

Rottmann sagte nichts über seine Begleiterin. Das würde man vor Ort klären können.

Eine gute Stunde später läutete das Telefon und Elvira teilte mit, sie könne jetzt runter zur Garage kommen. Rottmann seufzte. Hoffentlich ging das gut!

Elvira hatte sich ausgesprochen sportlich gekleidet. Sie trug eine dunkelblaue Jeans und eine karierte Bluse, darüber eine Jeansjacke, auf der Nase eine dunkle Sonnenbrille. Auch sie hatte nur eine kleine Reisetasche dabei. Sie wirkte sehr unternehmungslustig. Anscheinend glaubte sie wirklich, ihr Vorhaben wäre so eine Art erholsamer Kurzurlaub. Wenig später verließen sie knatternd die Rosengasse.

Am Campingplatz Kalte Quelle benötigten sie eine gute Stunde, um das Wohnmobil startklar zu machen. Im kleinen Laden am Platz kauften sie noch ein paar Lebensmittel und Elvira Stark packte einige Bocksbeutel ein.

„Wir müssen doch keinen Wein mitbringen, wenn wir zu einem Weingut fahren", warf Rottmann ein. „Das wäre ja Wasser in den Main getragen. Die haben hervorragende Tröpfchen."

„Ich war schon immer gerne unabhängig", erklärte Elvira „... und das solltest du, Erich Rottmann, auch sein!"

Rottmann konnte diese Anspielung zwar nicht ganz verstehen, wusste aber aus Erfahrung, dass man Elvira Stark in manchen Dingen nicht widersprechen sollte. Bevor sie wegfuhren, sagte Elvira der Campingplatzleitung noch Bescheid, dass der Camper für mehrere Tage nicht am Platz war, dann setzte sie sich hinters Steuer, gab noch kurz die Koordinaten des Weinguts Siebenheilig in Eibelsdorf ins Navi ein, dann startete sie den Motor. Der starke, umweltfreundliche Diesel meldete sich kraftvoll zu Wort und sie lenkte ihn hinaus auf die Straße. Rottmann wartete, bis sie auf dem Weg war, dann setzte er sich in seinen VW Käfer und fuhr ihr hinterher. Er trat die Fahrt mit äußerst gemischten Gefühlen an. Ihn peinigte die Befürchtung, dass die Anwesenheit von Elvira seine Ermittlungsarbeit nicht gerade erleichtern würde. Immer wenn sie Lieselotte Siebenheilig erwähnte, hatte sie ein merkwürdiges Funkeln in den Augen, das ihn Schwierigkeiten erahnen ließ. Eine gewisse Stutenbissigkeit war Elvira nicht fremd …

Sie erreichten Eibelsdorf nach knapp einer Stunde. Elvira war schön langsam gefahren, da sie sich erst wieder an das umfangreiche Vehikel gewöhnen musste. Einige Male war Rottmann kurz davor, seine Warnblinkanlage einzuschalten, weil Elvira gelegentlich ein Verkehrshindernis darstellte, was andere Verkehrsteilnehmer mit zuckender Lichthupe quittierten. Was Elvira wiederum absolut kaltließ. Als sie dann endlich auf den Siebenheilig-Hof einbogen, atmete Rottmann erleichtert auf. Elvira hielt in der Nähe der Remise hinter den dort parkenden Fahrzeugen und machte den Motor aus. Rottmann stoppte dicht dahinter und stieg aus. Jetzt erst merkte er, dass seine Cordhose auf der Rückseite der Oberschenkel richtiggehend durchgeschwitzt war. Elvira rutschte vom erhöhten Fahrersitz, schob ihre Sonnenbrille auf die Stirn und sah sich aufmerksam um. Da öffnete sich die Haustür und Lieselotte und Leonie Siebenheilig kamen heraus. Rottmann beeilte sich die Damen miteinander bekanntzumachen, die sich sofort darin einig waren, sich mit dem Vornamen anzusprechen. Binnen Sekunden tasteten sich die Frauen ab, wie es nur die holde Weiblichkeit beherrschte. Elvira stellte sofort fest, dass Lieselotte sehr mitgenommen war. Ein blasser Abklatsch der Frau, die sie auf der Website des Weinguts betrachtet hatte.

„Ich hoffe, es ist recht, dass mich Elvira begleitet?", fragte Rottmann. „… das Wohnmobil gehört ihr."

„… gehört meinem lieben Freund Erich und mir", beeilte sich Elvira klarzustellen.

Wumms, dachte Rottmann, der erste Pflock war eingeschlagen!

In dem Moment kam Pleiner aus der Scheune und musterte kritisch mit zusammengekniffenen Augen das Wohnmobil. Dann sah er Elvira Stark und seine Miene glättete sich sichtlich. Als Rottmann sie miteinander bekannt machte, wischte Pleiner seine Rechte am Blaumann ab, ehe er Elviras Hand drückte. Einen Moment länger als notwendig, wie Rottmann kritisch festzustellen glaubte.

„Ich bin der Reinhard Pleiner", stellte er sich vor.

„Elvira", gab sie zurück.

Offenbar war Pleiner von Lieselotte und Leonie schon über Rottmanns geplanten Aufenthalt auf dem Weingut informiert.

„Ich tät halt saach, ihr stellt die große Kiste hinne auf des Rasestück zwische meinere Wohnung und der Kelterhalle. Da ist der Grund ebe und Wasser- und Stromanschlüss sinn aa genuch da."

„Erich, machst du das bitte mit der Rangiererei? Da wäre mir wohler dabei."

„Och, ich könnt dich scho eiwink", beeilte sich Pleiner seine Hilfsbereitschaft zu bekunden. Elvira lächelte ihm freundlich zu. Lieselotte enthob sie einer Antwort.

„Wir haben eine kleine Brotzeit gerichtet. Kommt doch mit rein in die Küche. Ihr habt doch sicher noch nichts gegessen. – Erich, du kommst nach?"

Pleiner zuckte mit den Schultern und meinte: „Erich, fahr ums Grundstück rum, da kommste am beste hie."

Rottmann konnte sich des Eindrucks nicht erwehren, dass der alte Haudegen ein bisschen enttäuscht war, dass er Elvira nicht lotsen konnte. Er ließ seinen vw Käfer stehen. Öchsle musste sich noch gedulden, bis er aussteigen konnte.

Der Stellplatz war gut gewählt. Von da aus konnte Rottmann alle Bereiche des Hofs und der Gebäude erreichen, ohne weite Wege zurücklegen zu müssen. Nachdem die Stromversorgung sichergestellt war, holte der Exkommissar den Rüden, anschließend ging er ins Haus, wo die Damen bereits mit der Brotzeit angefangen hatten.

Verschiedene Menschen im Dorf nahmen die Ankunft des Wohnmobils auf dem Weingut zur Kenntnis. Einige wunderten sich schon, dass die Siebenheiligs wieder Gäste auf dem Hof aufnahmen, obwohl doch so viel Unheil auf dem Weingut lastete und viele Fragen bezüglich des Verbleibs von Gernot offenblieben. Das gab wieder Gesprächsstoff für die Dorftrommeln.

Unter den Beobachtern war auch ein Augenpaar, das diese Entwicklung sehr kritisch und verärgert zur Kenntnis nahm. Bis jetzt waren alle seine Pläne, die er so intelligent ausgearbeitet hatte, exakt so abgelaufen, wie er es sich vorstellte. Fast alle Hindernisse, die seine Pläne durchkreuzen könnten, waren aus dem Weg geräumt. Die Polizei stocherte bisher offensichtlich im Nebel. Auf ihn war bisher nicht der Hauch eines Verdachts gefallen, da war er sich sicher. Das Drehbuch war geschrieben und wartete auf die Realisierung der nächsten Szene. Dann fuhr vor ein paar Tagen plötzlich dieser untersetzte weißhaarige Bartträger mit seinem alten vw Käfer auf den Hof. Der Kerl war ihm völlig unbekannt und er wusste nicht, wie er ihn einordnen sollte. Mittlerweile war er schon zweimal auf dem Weingut gewesen, immer mit einem schwarzen Hund im Gefolge, und hatte da rumgeschnüffelt.

Vielleicht ein flüchtiger Bekannter oder ein Kunde … oder gar ein Konkurrent? Als der Typ aber heute mit einer Frau und diesem großen Wohnmobil ankam und im hinteren Bereich des Weinguts nicht nur parkte, sondern es auch am Strom anschloss, machte er sich doch einige Gedanken. Der Camper stand in dem Bereich, über den er sich mit den Leichen auf dem Weg zu ihrer jeweiligen Ablagestelle bewegt hatte. Zufall? Hatten sich die Siebenheiligs Verstärkung zugelegt? Dagegen sprach das Alter der Unbekannten. Der Weißkopf war sicherlich kein ernstzunehmender Gegner für ihn. Der Hund? Wie es aussah, ein harmloser Schoßhund, den man vernachlässigen konnte. Er entspannte sich etwas. Also doch Hausgäste? Er würde die Augen offenhalten. Auf jeden Fall würde er dafür sorgen, dass diese Leute wieder verschwanden. Für den Erfolg seiner nächsten Schritte war es notwendig, Lieselotte weiter zu isolieren und ihre Furcht zu verstärken.

Pleiner war mit dem Traktor in die Weinberge gefahren, um die Reparaturarbeiten an der Unfallstelle zu beenden. Eine ganze Anzahl Weinstöcke hatte die Zerstörung nicht überlebt. Er hackte sie heraus und warf sie oben in den Anhänger des Traktors. Man würde die Lücken in den Reihen einfach so belassen. Eine Nachbepflanzung zwischen achtundzwanzigjährigen Weinstöcken mit einzelnen jungen Reben war nicht sinnvoll. Kurz vor Sonnenuntergang war er fertig. Er fuhr die Weinstöcke zu einer Sammelstelle in der Nähe, dann tuckerte er nach Hause. Wenig später stand er unter der Dusche und wusch sich ausgiebiger als nach der Arbeit am Werktag üblich. Dabei benutzte er das Duschmittel, das er von Leonie zu Weihnachten geschenkt bekommen, bisher aber noch nie in Gebrauch hatte. Es roch ziemlich stark! Danach rasierte er sich. Seine Haare, die im Gegensatz zum schütteren Kopfbereich im Nacken kräftiger wuchsen, fasste er hinten mit einem Gummi zusammen. Anschließend zog er ein frisches Hemd und einen gewaschenen Blaumann an, was er sonst unter der Woche niemals tat. Die Frau in dem Camper, Erich Rottmanns Begleiterin, gefiel ihm vom ersten Moment an. Nachdem sie nun quasi vor seiner Haustür wohnte und sie sich in den nächsten Tagen wahrscheinlich häufiger begegneten, wollte er nicht durch allzu maskuline Gerüche unangenehm auffallen.

Seit Rottmanns und Elviras Anwesenheit erholte sich Lieselotte etwas. Die Unterhaltung lenkte sie ein wenig von ihrem Kummer ab. Elvira Stark war ja kontaktfreudig und erzählte munter von ihrer Arbeit im Rathaus. Wobei sie nicht vergaß zu erwähnen, dass sich Erich und sie dort wiedergetroffen hatten, nachdem sie sich nach einer Jugendliebe Jahrzehnte aus den Augen verloren hatten. Erich Rottmann saß ein wenig bedröppelt daneben und machte möglichst gute Miene zu diesem Spiel.

Zwanzig Minuten später hielt er es aber nicht mehr aus.

„Wenn es recht ist, würde ich Elvira jetzt gerne etwas die Umgebung zeigen", unterbrach er Elviras Redefluss, der gerade ihren gemeinsamen Urlaub in Norwegen behandelte. „Ihr könnt euch ja gerne später weiterunterhalten." Wenn das so weiterging, konnte Lieselotte bald ihrer beider Lebenslauf schreiben!

„Ach, Erich, das können wir doch auch morgen machen", erklärte Elvira, „wir unterhalten uns doch gerade so gut."

Rottmann zuckte mit den Schultern und verließ das Haus. Dann würde er halt mit Öchsle einen längeren Spaziergang machen. Mit Öchsle im Fußraum lenkte er seinen Käfer auf die Weinbergshöhe hinauf. Dort ließ er den Rüden aussteigen und der sprang auch gleich einen Waldweg entlang. An der

Datsche des Kellermeisters blieb Rottmann kurz stehen und sah sich um. Es war natürlich abgeschlossen. Als er eineinhalb Stunden später mit seinem Käfer wieder langsam den Weg durch die Weinberge zum Weingut hinunterfuhr, kam ihm ein Geländewagen entgegen. Beide Fahrzeuge mussten ihre Geschwindigkeit drosseln, damit sie reibungslos aneinander vorbeikamen. Der Fahrer war aufgrund seines Outfits als Jäger zu erkennen. Er grüßte mit Kopfnicken, dann war er vorbei. Im Rückspiegel konnte Rottmann erkennen, dass er an seiner Anhängerkupplung einen Wildträger befestigt hatte. Wahrscheinlich war er auf dem Weg zur Jagd.

Zurück beim Weingut, sah Rottmann die offene Tür des Campers. Das Treppchen, die Himmelsleiter für Senioren, wie Elvira es nannte, stand davor, daneben Elviras Schuhe und, zu Rottmanns Befremden, ein Paar Herrenschuhe! Jeder, der den Camper betrat, musste seine Schuhe ausziehen. Da war Elvira eisern! Öchsle sprang vorneweg und war mit einem Satz im Inneren. Sofort ertönte sein drohendes Knurren. Rottmann runzelte die Stirn. Aber da hörte er schon Elviras beruhigende Stimme.

„Öchsle, schön brav. Alles ist gut! Reinhard darf hier sein!"

Rottmanns Runzeln auf der Stirn vertieften sich. „… Reinhard darf hier sein? Welcher Reinhard?"

Mit einem großen Schritt betrat der Exkommissar den Camper und riss erstaunt die Augen auf. Da saß doch tatsächlich Pleiner auf seinem üblichen Sitzplatz, vor sich eine Tasse Kaffee.

„Erich, bitte zieh deine Schuhe aus!", kam die mahnende Stimme von Elvira Stark, die Pleiner gegenübersaß, ebenfalls mit einer Tasse bewaffnet. Das Schuheausziehen hatte er ganz vergessen.

„Möchtest du auch einen Kaffee?", wollte sie wissen.

Rottmann streifte die Schuhe ab. „Ja, gerne."

Während Elvira sich erhob und zu der kleinen Kaffeema-schine ging, die neben der Spüle stand, erklärte sie: „Reinhard war so nett und hat sich erkundigt, ob wir etwas benötigen. Da hab ich ihn auf eine Tasse Kaffee hereingebeten."

Rottmann grüßte mit „Hallo Pleiner!" und schob sich hin-ten auf die Sitzbank, so dass Elvira neben ihm noch Platz fand. Ihm fiel natürlich sofort Pleiners äußerliche und geruchliche Restaurierung auf. Den Mann umgab eine Duftaura, die man absolut nicht ignorieren konnte. Elvira schien das zu gefal-len, denn sie war im Moment ausgesprochen gut gelaunt und summte beim Bedienen der Kaffeemaschine leise vor sich hin. Tief in seinem Inneren verspürte Rottmann plötzlich ein leichtes Rumoren, das er zu ignorieren versuchte. Sie nannte ihn Reinhard und er duldete es, wobei doch jeder andere von ihm aufgefordert wurde, ihn nur „Pleiner" zu nennen.

„Das trifft sich eigentlich ganz gut", erklärte Rottmann, diese Gedanken verdrängend, „ich hätte dich später sowieso angesprochen, weil wir dringend unser weiteres gemeinsames Vorgehen besprechen sollten. Du bist ja jetzt kein Einzelkämp-fer mehr."

Pleiner gab ein Brummen von sich, das man als Zustim-mung auslegen konnte.

Elvira brachte Rottmanns Kaffee an den Tisch, dann setzte sie sich wieder Pleiner gegenüber. Sie legte ihm in einer beiläu-figen Geste die Hand auf den Unterarm und erklärte freund-lich: „Wenn du noch eine Tasse willst, dann sag es bitte."

Er nickte und lächelte. Er lächelte! Rottmann hatte ihn noch nie auch nur grinsen sehen!

„Zunächst mal ein paar Fragen", fuhr Rottmann fort und tat so, als hätte er die Berührung nicht gesehen. „Du bist doch ständig im Wengert. Dabei trifft man doch andere Winzer und man unterhält sich. Wie spricht man denn im Dorf über die Geschehnisse im Weingut? Wird da nicht auch mal ein Verdacht bezüglich der Motive für die Morde geäußert? Mit Sicherheit gibt's da doch jede Menge Nachrichten der Buschtrommeln, oder? Hast du selbst nicht auch einen Verdacht? Es fällt auf, dass die Opfer Männer sind, die alle ein gewisses Interesse an Lieselotte hatten. Das hast du doch sicher auch bemerkt."

Das waren jetzt mehrere Fragen auf einmal und er verstummte, weil er Pleiner Gelegenheit zum Überlegen geben wollte. Der nahm einen Schluck von seinem Kaffee.

„Wässt, ich red nit viel", erwiderte er schließlich. „Zum Stammtisch in die Wirtschaft geh ich aa nit un in die Kirch scho gar nit." – Pause – „Nur der Gernot hat amal vor a paar Monat gsacht, wie mer da so im Wengert gschwitzt ham, dass des mit dem Wein scho a ziemliche Plaacherei wär und er nit wüsst, wenn er amal nimmer wär, ob die Lieselotte oder die Leonie des alles weitermachn dädn."

„Gernot war …", er verbesserte sich, „… ich meine, er ist doch noch in einem leistungsfähigen Alter. Weißt du was von einer Krankheit?"

Pleiner schüttelte den Kopf.

Nach dieser wenig ergiebigen Unterhaltung, aus der sich Elvira erstaunlicherweise völlig herausgehalten hatte, besprachen sie die nächtlichen Überwachungsaktionen.

„Erhebt sich die Frage, wer für den Killer das nächste Opfer sein könnte. Wenn ich es so überlege …", er fing den Blick Pleiners ein, „… wärst du ein Kandidat. Du wohnst auf dem Grundstück und hast zu den beiden Frauen ein gutes Verhältnis und bist täglich mit ihnen zusammen."

Pleiner hob abwehrend die Hände. „Sicher ham mer a guts Verhältnis … awwer kee Verhältnis so wie du des jetzt meenst."

Wenn sich Rottmann nicht täuschte, überzog Pleiners braungebranntes Gesicht eine feine Röte.

Rottmann wechselte das Thema: „Wollen wir uns gleichzeitig an verschiedenen Stellen des Grundstücks positionieren oder uns nacheinander ablösen?"

„Ich däd saach, mer halte zusamme Wache. Du an dem Obstbaumgrundstück, wo mer von der Straaß her zum Wohnhaus komm kann, und ich hock mich widder vor die Kelterhalle. – Awwer heut schlaf ich nit widder ei", fügte er an.

Rottmann hatte Pleiner bewusst nichts von dem Schlafmittel im Kaffee erzählt. Das hätte zu vielen Folgefragen geführt, die Erich Rottmann aber nicht beantworten konnte und wollte.

Jetzt erst meldete sich Elvira wieder zu Wort. „Ich werde Lieselotte vorschlagen, dass ich die nächsten Nächte im Haus verbringe. Sie kann mir ja eines von den Gästezimmern geben, dann fühlt sie sich vielleicht etwas sicherer. Mit mir muss erst mal einer fertig werden!" Sie sah Rottmann schmunzelnd an.

Erich Rottmann kannte aus vielen Erfahrungen Elvira Starks Wehrhaftigkeit.

Die beiden Männer beschlossen, vor der Nachtwache noch ein Schläfchen zu machen, damit sie später fit waren. Rottmann legte sich in Kleidung auf das untere Stockbett des Campers und schloss die Augen. Öchsle ließ sich auf dem Teppichboden nieder und rollte sich zusammen. Elvira überlegte einen Moment, dann schnappte sie sich ein Buch und setzte sich auf den Stamm neben der Kelterhalle. Die Sonne schien, dort aber war es schattig. Sie dachte amüsiert über die äußere Wandlung Reinhard Pleiners und die Reaktion Rottmanns auf seine Anwesenheit im Camper nach, dabei kräuselte ein Schmunzeln ihre Lippen.

Bei Einbruch der Dunkelheit verließ Elvira Stark in einem dunkelblauen Jogginganzug den Camper und betrat mit ihrem Waschbeutel unter dem Arm das Haus. In der Hosentasche trug sie ein sehr wirksames Pfefferspray, das ihr Florian Deichler einmal empfohlen hatte. Normalerweise verwahrte sie es im Camper.

Auch die beiden Männer begaben sich auf ihre Posten. Als Rottmann bei Pleiner die beiden Waffen sah, runzelte er kurz die Stirn, sagte aber nichts. Rottmann dachte an seinen Derringer, den er geladen in der Joppentasche trug. Nachdem es schon zwei Ermordete gegeben hatte, war etwas Selbstschutz sicher nicht verkehrt. Wobei er sich für seine Person in erster Linie auf Öchsle verließ. Der Rüde hatte deutlich bessere Ohren als ein Mensch, war schneller und äußerst wachsam. Dass er auch zuzugreifen wusste, hatte er schon bewiesen. Pleiner gab Rottmann einen klappbaren Gartenstuhl, dann verschwand er in Richtung Kelterhalle. Ursprünglich wollte Rottmann mit ihm über Handy korrespondieren, aber nachdem Pleiner kein Mobiltelefon besaß, musste es ohne gehen. Wenn der große Unbekannte tatsächlich sein Unwesen trieb, konnte man sich auch gegenseitig eine Warnung zurufen. Rottmann stellte seinen Gartenstuhl unter das Herbstlaub eines Kirschbaums und prüfte den sicheren Stand. Das Fernglas, das Elvira für Naturbeobachtungen immer im Camper liegen hatte, hing ihm vor der Brust. Eine Taschenlampe steckte in der Brusttasche seiner Joppe. Öchsle richtete sich durch häufiges Drehen im Kreis eine Kuhle im Gras her und ließ sich nieder. Schon nach kurzer Zeit kam in Rottmann das Bedürfnis nach einer Pfeife auf. Nur musste er sich das leider verkneifen, weil der Duft des Tabaks in der Nacht meilenweit zu riechen war. Von seinem Platz aus hatte er gute Sicht auf die am Weingut vorbeiführende Straße, die von wenigen Laternen dürftig beleuchtet wurde, und auf die hintere Fensterpartie des Wohnhauses. Pleiner hatte wieder sämtliche Beleuchtungseinrichtungen ausgeschaltet. Er richtete sich auf eine lange Wartezeit ein.

Das Nachtsichtgerät verwandelte die Dunkelheit in eine unwirkliche grüne Welt. Von seinem Haus aus sah er, wie der Weißhaarige und Pleiner die Köpfe zusammensteckten. Bei beginnender Dämmerung verteilten sie sich auf dem Gelände des Weinguts. Neben dem Weißhaarigen saß sein Hund. Das war weniger erfreulich und würde sein Vorhaben etwas erschweren. War aber zu meistern. Er war sich sicher, sie erwarteten ihn, ohne zu wissen, wem konkret sie auflauerten. Er trug, wie immer bei seinen Aktionen, den schwarzen, fast hautengen Einsatzanzug und eine gleichfarbige Haube, die nur eine Augenöffnung für die beiden Okulare des Nachtsichtgeräts freiließ. Um seine Taille zog sich ein breiter Gürtel, an dem sein Spezialmesser, der Köcher für eine kleine, aber leistungsfähige Taschenlampe sowie das Holster für den Elektroschocker befestigt war. Der Totschläger hing an einem Karabinerhaken. Heute beabsichtigte er allerdings niemand zu töten. In dieser Nacht würde er den Psychokrieg auf andere Weise führen. Auf dem Rücken trug er einen Stoffbeutel, der enthielt, was er heute zum Einsatz bringen wollte. Es war kurz nach drei Uhr. Auf dem Grundstück und im Haus waren alle Lampen erloschen. Eine Zeit, in der nach militärischen Erkenntnissen die Aufmerksamkeit von Menschen, die auf Wache standen, deutlich abflachte. Müdigkeit machte sich breit und es wurde Zeit für eine Ablösung. Dies war hier aber nicht möglich. Bevor er das Grundstück betrat, prüfte er die Windrichtung. Er wusste ja nicht, ob der Hund des Weißhaarigen wachsam war, aber im Zweifel musste er davon ausgehen. Sollte das Tier ihn angreifen, kam der Totschläger zum Einsatz. Er nickte zufrieden, die Brise stand direkt auf ihn zu. Langsam schlich er auf weichen Sohlen durch das Gras des Obstbaumgrundstücks, von Baum zu Baum pirschend. Immer wieder blieb er stehen und lauschte. Heute konnte er aus Richtung der Kelterhalle kein Schnarchen hören. Zweimal hintereinander würde ihm Pleiner nicht den Gefallen tun und schlafen. Er schaltete die im Nachtsichtgerät integrierte Infrarotlampe ein, deren Licht nur durch dieses Gerät zu sehen war. Jetzt war die Umgebung wesentlich heller und detaillierter. Es dauerte einige Zeit, bis er auch den Weißhaarigen unter dem Baum ausmachen konnte. Er saß so dicht am Stamm, dass er mit dessen Konturen regelrecht verschmolz. Lediglich die weißen Haare hoben sich ab. Dann reflektierten seine Augen das Infrarotlicht und ließ sie gespenstisch glühen. Jetzt hob der Hund den Kopf und auch seine Augen leuchteten auf. Der Mann grinste. Es ging doch nichts über eine überlegene Technik!

Ursprünglich wollte er sein Vorhaben auf der Terrasse von Pleiners Wohnung realisieren. So wie sich die beiden Männer platziert hatten, wäre es durchaus möglich gewesen, zwischen den beiden hindurchzuschleichen. Das hätte einen tollen Effekt gegeben! Der Hund machte das aber unmöglich. Hätte der Wind nur ein bisschen gedreht, wäre er von dem Tier gewittert worden. Kurz entschlossen drehte er ab, umging das Haus in Richtung Straße und näherte sich ihm von vorn. Er schaltete das Nachtsichtgerät aus, weil die Straßenbeleuchtung ausreichte, um das zu erledigen, was er geplant hatte. Lediglich ein paar kalte Katzenaugen beobachteten ihn bei seinem Tun. Sie gehörten einem Mäusejäger, der heute Nacht schon erfolgreich gewesen war und nur noch träge in der Remise ruhte. Eine Minute später war er wieder vom Grundstück. An seinem Haus angekommen versteckte er schnell seine Utensilien im

Keller. Er war sich sicher, dass ihn um diese Uhrzeit niemand beobachtet hatte.

Rottmann und Pleiner verließen ihre Posten, als es zu tagen anfing. Die Gräser zogen den Tau an und die umliegenden Weinberge versteckten sich hinter dem Frühnebel. Öchsle schüttelte sein nasses Fell. Erich Rottmann streckte und reckte sich, wobei er vernehmlich gähnte. Auch seine Joppe und die Hose waren feucht. Es war empfindlich frisch.

„Satz mit x, war wohl nix!", brummelte er halblaut vor sich hin. Er brauchte jetzt dringend einen Kaffee.

„Öchsle, komm, wollen wir erst einmal sehen, wie es Pleiner geht." Der Rüde hatte gerade an einem Baum seine Blase entleert, jetzt schnüffelte er ein Stück entfernt am Boden herum und gedachte nicht zu folgen. „Jetzt komm halt", rief Rottmann. Er wollte in die Wärme des Campers. Öchsle sah zwar her zu ihm, blieb aber an Ort und Stelle und stieß einen hellen Beller aus.

„Also, wenn das nur ein Mausloch ist …", brummelte Rottmann und ging auf die Stelle zu. Betroffen betrachtete er das von ein Paar Schuhen frisch niedergetretene Gras. Er stieß innerlich einen Fluch aus. Da hatte ihn jemand beobachtet und weder er noch Öchsle hatten etwas bemerkt!

In diesem Moment näherte sich Pleiner. Sie begrüßten sich kurz und er musterte ebenfalls das Gras.

„So ein Verrecker!", schimpfte er. „Da, vom Rand vom Obstbaumgrundstück kommt die Spur. Da is der Kerl stehe gebliewe. Des Gras is da stärker niedergedrückt." Er ließ seinen Blick schweifen. „Siehste, da isser weitergange. Die Spur führt nach vorn vors Haus."

Die beiden Männer folgten der Fährte bis zum gepflasterten Teil des Hofes, wo sie endete.

„Verdammt!", fluchte Pleiner. „Die ganze Zeit is er immer hinne übers Gras zur Kelterhalle komme. Er muss dich gsenn ham, desweche isser annerschtrum."

„Es war stockdunkel und Öchsle hat keinen Pieps von sich gegeben. An ihm wäre keiner vorbeigekommen!"

„Ich denk mer scho die ganze Zeit, dass er ein Nachtsichtgerät hat. Da kann er dich leicht erkenn. Desweche hat er dich a so leicht umgeh könn. … un was des mit der Witterung angeht …" Er feuchtete die Spitze des Zeigefingers im Mund an und hielt sie in die Höhe. „Ich denk, die Windrichtung steht scho die ganze Nacht so. Da hat die Nase von deim Öchsle kee Chance ghabt."

Mit geschulterter Schrotflinte marschierte Pleiner vors Haus. „Es däd mi wirkli brennend interessier, was der uns da widder für a Ei geleecht hat."

Erich Rottmann und Öchsle folgten ihm. Vor der Haustür blieben sie stehen und ließen den Blick schweifen. Rottmann umrundete seinen Käfer und überprüfte, ob es Hinweise auf eine Manipulation gab. Es war nichts zu sehen. Im vorderen Bereich des Hofes und bei den in der Remise geparkten Fahrzeugen konnten die beiden nichts Verdächtiges feststellen.

„Des is wirkli komisch", stellte Pleiner fest. „Hoffentlich hat er nit scho widder irchendwo a Leiche versteckt." Er machte eine Handbewegung, die das ganze Weingut einschloss.

„Dann müssen wir halt alles systematisch absuchen", schlug Rottmann vor. Das taten sie dann auch. Jeden Moment rechneten sie mit einer schlimmen Überraschung. Nach einer guten halben Stunde gaben sie ergebnislos auf.

„Ich brauche jetzt erst mal einen ordentlichen Kaffee", stellte Rottmann etwas ermattet fest. „Meine Lebensgeister bedürfen der Erweckung! Komm mit in den Camper, da können wir uns ein bisschen aufwärmen."

Pleiner nickte zustimmend und folgte ihm gedankenversunken. Er hatte das unbestimmte Gefühl, etwas übersehen zu haben. Sie saßen gerade am Tisch und schlürften den heißen Kaffee, als Öchsle den Kopf hob und mit dem Schwanz wedelte. Im gleichen Moment wurde der Camper leicht erschüttert, weil Elvira den Wagen betrat.

„Guten Morgen, die Herren!", rief sie gut gelaunt. „Wie ich sehe, habt ihr euch schon bedient. Trinkt aus und kommt dann gleich ins Haus, wir haben ein ordentliches Frühstück vorbereitet. So eine Nachtwache macht doch hungrig!"

Als Rottmann wenig später den reichlich gedeckten Frühstückstisch sah, rührte sich lautstark sein Magen und er merkte, dass er tatsächlich ordentlichen Appetit hatte. Die beiden Männer ließen sich nieder und griffen zu. Leonie hatte bereits gefrühstückt und entschuldigte sich mit wichtigen Mails, die sie im Büro am Computer beantworten musste. Ihr Leben als Weinprinzessin ging schließlich weiter und sie war in den letzten Tagen durch die schockierenden Ereignisse auf dem Hof nicht dazu gekommen.

Nach einer Weile hielt Lieselotte Siebenheilig das Schweigen der beiden Männer nicht mehr aus.

„Jetzt sagt halt schon, war heute Nacht was los? Ich war die halbe Nacht wachgelegen!"

Rottmann sah Pleiner an, der gab sein stillschweigendes Einverständnis.

„Also, es war nichts los! Keine Menschenseele unterwegs." Die Trittspuren verschwieg er wohlweislich, weil er Lieselottes nervlichen Zustand nicht noch verschlimmern wollte.

„So isses", bekräftigte Pleiner knapp.

In dem Augenblick ging die Tür auf und Leonie kam herein. Aber wie sah sie aus! Sie war kreidebleich, als wäre ihr gerade ein Gespenst über den Weg gelaufen. Die Augen aufgerissen, ließ sie sich auf den freien Platz am Tisch fallen.

„Was …?" Lieselotte blieb die Frage im Hals stecken, als die junge Frau einen Gegenstand auf den Tisch neben die Wurstplatte legte. Mit Entsetzen starrte Lieselotte auf das Teil. Ein typisches Taschenmesser mit mehreren Klingen, Korkenzieher und Hirschhorngriffen.

„Was ist damit?", wollte Rottmann wissen, obwohl er es schon ahnte.

Mit belegter Stimme gab Pleiner die Antwort: „Des is des Daschemesser vom Gernot! … Des hat er immer in der Hosedasch ghabt."

„O mein Gott!", rief Lieselotte und schlug die Hände vors Gesicht. „Das ist ein Zeichen!"

Bevor jemand auf die Idee kam, das Messer anzufassen, griff Rottmann vorsichtig mit einer Serviette danach.

„Kann mal bitte jemand eine Plastiktüte besorgen? Da sind womöglich Fingerabdrücke drauf", forderte er nachdrücklich, um die Entsetzensstarre am Tisch zu durchbrechen. Wahrscheinlich war es ziemlich sinnlos, weil zumindest Leonie das Messer angefasst hatte, aber vielleicht gab es welche auf der Klinge.

„Hast du die Klinge ausgeklappt?", fragte er deshalb. Leonie schüttelte heftig den Kopf.

„Tut es eine Klarsichtfolie auch?", wollte Elvira wissen. Als Rottmann nickte, eilte sie in die Küche. Wo die Rolle mit der Folie lag, wusste sie, weil Leonie die Wurstplatte am Morgen zum Schutz gegen Fliegen mit Folie abgedeckt hatte. Lieselotte hatte sich zwischenzeitlich wieder etwas gefangen. Kopfschüttelnd saß sie da.

„Wo hast du es entdeckt?", wollte Rottmann von Leonie wissen. „Wir haben vorhin den ganzen Hof abgesucht und nichts gefunden."

„Es lag auf dem Fahrersitz meines Autos. Mittendrauf. Nicht zu übersehen."

„War das Fahrzeug nicht abgeschlossen?", wollte Rottmann wissen.

Sie zuckte mit den Schultern. „Nein, wir schließen hier auf dem Hof unsere Autos nie ab."

Elvira kam mit der Folienrolle herein und reichte sie Rottmann. Während der ein Stück abriss, wollte er wissen: „Woran erkennt ihr unzweifelhaft, dass dieses Messer Gernots ist?"

„Ich habe es ihm vor Jahren zum Geburtstag geschenkt", flüsterte Lieselotte so leise, dass man sie kaum verstehen konnte. „Auf der einen Seite ist ein Silberblättchen eingelassen, auf dem seine Initialen eingraviert sind."

Rottmann fasste das Messer mit der Folie an und wickelte es darin ein. Dabei drehte er es um. Tatsächlich war auf der anderen Seite das beschriebene Blättchen in das Hirschhorn eingearbeitet. Darauf waren deutlich erkennbar die Initialen „GS" eingraviert.

„Das Messer muss dringend zur Kripo", stellte Rottmann fest. „Ich werde gleich nach Würzburg fahren und es bei Florian Deichler abgeben. Vielleicht können sie auf dem Messer noch verwertbare Spuren finden." Er bedankte sich für das Frühstück und erhob sich. Pleiner gleichfalls. Elvira ging noch mit bis vor die Tür.

„Ich werde mich um Lieselotte kümmern", erklärte sie mit gesenkter Stimme. „Sie hat mir gegenüber gestern Abend geäußert, dass sie glaubt, ihr Mann sei tot, könne aber nicht zur Ruhe kommen, weil sie irgendwelche schlimmen Taten noch nicht gesühnt hat. Ich weiß zwar nicht, um was es geht, aber es quält sie eindeutig ihr schlechtes Gewissen. Ob du es glaubst oder nicht, sie denkt, es gibt so etwas wie Untote, die die Lebenden bestrafen. Dieses Denken wird dadurch bestärkt, dass man Gernot noch nicht gefunden hat … Und jetzt die Sache mit dem Messer! Das befördert natürlich ihren Aberglauben."

„Danke für deine Hilfe", erwiderte Rottmann. „Da treibt jemand ein sehr perfides Spiel mit der Frau. Wenn du mich fragst, nutzt da jemand ihre Abergläubigkeit gnadenlos aus. Da hat sie sich wegen der beiden ermordeten Männer gerade ein wenig gefangen, dann kommt das mit dem Messer! Psychoterror ist das." Er führte Elvira ein Stück vom Haus weg. „Wenn sich die Gelegenheit für dich ergibt, dann frag die Tochter doch mal ganz harmlos, wie es so um die wirtschaftlichen Verhältnisse des Weinguts steht. Vor allen Dingen, wie es weitergehen würde, wenn man Gernot wirklich tot auffände. Wahrscheinlich haben sich die Frauen jeden Gedanken daran verboten, diese Möglichkeit vollkommen ausgeblendet. Leonie ist die Stabilere. Dir würde sie diese Fragen sicher eher beantworten als mir. Gewissermaßen so von Frau zu Frau, du verstehst?"

Elvira verstand sehr genau. Für sie war der Glauben an untote Ehemänner völliger Quatsch. Entweder man war tot oder am Leben. Das wäre ja noch schöner! Es reichte der Ärger mit den lebenden Mannsbildern! Sie erklärte sich bereit, während Rottmanns Abwesenheit auf Öchsle aufzupassen. Bevor Rottmann sich in sein Auto setzte, rief er Florian Deichler an und kündigte ihm sehr eindringlich ein wesentliches Beweisstück an. Deichler erklärte, im Büro zu sein.

Der Leiter der Mordkommission begrüßte Rottmann mit Handschlag und bot ihm einen Platz auf einem Stuhl neben seinem Schreibtisch an.

„Erich, du klangst ja am Telefon ziemlich angespannt. Was ist denn das für ein Beweisstück, das du mir unbedingt zeigen musst?"

Rottmann holte das eingewickelte Messer aus seiner Joppentasche und legte es vor Deichler auf die Schreibunterlage. Er schilderte in knappen Worten, wie das Messer in seinen Besitz gekommen war. Als er von der Nachtwache berichtete, zog Deichler kritisch die Augenbrauen in die Höhe, gab aber keinen Kommentar ab.

„Frau Siebenheilig ist vollkommen zusammengebrochen, als ihre Tochter das Messer auf dem Sitz ihres Autos fand. Sie betrachtet das als eine Art Zeichen von ihrem Ehemann. Sie klammert sich an jede Kleinigkeit. Ich habe es gleich eingewickelt, aber sicher sind Leonies Fingerabdrücke drauf. Es ist die erste Spur von Gernot Siebenheilig, Lebenszeichen will ich nicht sagen, weil es irgendjemand anderes dort deponiert haben kann. Vielleicht gibt es darauf eine Mikrospur, die uns weiterhilft."

„Gut", erwiderte Deichler, „wir werden uns das auf jeden Fall gründlich ansehen." Er erhob sich. „Ich bringe es persönlich in die Kriminaltechnik, dann kann ich gleich ein wenig Druck machen." Er verließ sein Dienstzimmer und Rottmann begleitete ihn über den Flur.

„Gibt es sonst was Neues?", wollte er wissen.

Deichler schüttelte den Kopf. „Die Befragung der Anwohner hat nichts erbracht. Keiner hat was gesehen oder gehört. Gerüchte gibt es nur hinsichtlich Gernot Siebenheiligs. Wie es auf dem Land halt so ist. Jede Menge Tratsch, aber nichts Verwertbares. Zwischen Gernot Siebenheilig, Georg Hauserzettl und Herbert Krienerle gibt es bis jetzt nur eine Verbindung, und das ist die Übereinstimmung der DNA der bei den beiden Letzteren gefundenen Haare mit der DNA des Blutes des Winzers. Was letztlich bedeutet, die Haare stammen von Gernot Siebenheilig. Damit wird der Fall noch rätselhafter."

Deichler und Rottmann fuhren schweigend mit dem Aufzug ins Kellergeschoss.

„Ich durchschaue die Verhältnisse dort noch nicht ganz",
erklärte Rottmann. „Aber ich habe den Eindruck, hier will jemand gewaltigen Druck auf Lieselotte Siebenheilig ausüben."

Deichler zuckte mit den Schultern. „… oder es gibt in der
Sache einen unbekannten Player, der uns damit bewusst in
eine bestimmte Richtung lenken will." Sie waren an der Tür
mit dem Schild „Kriminaltechnik" angekommen.

„Ich verabschiede mich wieder, Florian, ich wäre dir
dankbar, wenn du mir das Ergebnis der Untersuchung gleich
mitteilen könntest. Selbstverständlich werde ich dich unterrichten, wenn ich vor Ort etwas erfahre." Sie gaben sich die
Hand und Rottmann verließ das Gebäude. Es hatte bis jetzt
nur wenige Fälle gegeben, bei denen er so im Dunkeln tappte.
Er sah auf die Uhr. Die Versuchung war stark! Dann entschied
er sich aber schweren Herzens gegen den Stammtisch. Erstens
durfte er keinen Alkohol trinken, weil er Auto fahren musste,
und zweitens würden ihm die Schoppenbrüder ein Loch in
den Bauch fragen, warum er den heiligen Stammtisch vernachlässigte. Er setzte sich hinters Steuer und fuhr die nächste
Tankstelle an. Zwanzig Minuten später war er auf dem Rückweg nach Eibelsdorf. Er war gespannt, ob Elvira etwas erfragen konnte. Spontan huschte ihm Reinhard Pleiner durch den
Kopf. Dieser Knabe hatte doch eindeutig ein Auge auf Elvira
geworfen! Da musste er etwas auf der Hut sein! Nicht dass
er eifersüchtig gewesen wäre … Nein! … Niemals! … Aber
trotzdem …

Als er einige Zeit später auf den Hof fuhr, wartete Öchsle
bereits schwanzwedelnd am Hoftor. Er hatte den Motor des
vw schon von weitem gehört. Rottmann stieg aus, dabei führte
der Rüde einen Freudentanz auf, als wäre er eine ganze Woche
abwesend gewesen. Während Öchsle um ihn herumhüpfte wie
ein Welpe, marschierte Rottmann zum Camper. Er war leer.

Rottmann wunderte sich, dass Elvira den Rüden einfach so unbeaufsichtigt herumlaufen ließ. Sie war sonst immer sehr zuverlässig. Hoffentlich war nichts vorgefallen. Er läutete an der Haustür. Leonie öffnete ihm. Sie blickte ernst und ließ ihn wortlos an sich vorbei. Die Frauen saßen am Wohnzimmertisch, vor sich eine blaue Geldkassette. Rottmann grüßte knapp und setzte sich auf einen freien Stuhl. Sein Blick wanderte von Frau zu Frau.

„Was ist los?", wollte er wissen.

Elvira blickte Lieselotte und Leonie prüfend an. Nachdem keine der beiden etwas sagte, ergriff sie die Initiative.

„Leonie hatte heute im Arbeitszimmer zu tun. Irgendwelchen Schreibkram wegen Bestellungen und Rechnungen. Als sie etwas suchte, musste sie tiefer im Schreibtisch nachsehen." Sie warf der Tochter des Hauses einen Blick zu. „Leonie, vielleicht willst du jetzt weitererzählen?"

Die junge Frau richtete sich auf. „… dabei bin ich auf diese verschlossene Geldkassette gestoßen, die hinter einer Reihe von Ordnern versteckt war. Ich habe sie noch nie gesehen. Mama ist sie auch nicht bekannt."

Lieselotte Siebenheilig, die stumm am Tisch saß, nickte nur.

„Allerdings", fuhr Leonie fort, „hatte ich bisher auch keinen Grund, so intensiv im Schreibtisch zu suchen. Das hätte mein Vater auch nicht zugelassen. Zuerst habe ich gezögert, dann habe ich nach dem Schlüssel geschaut. Ich dachte, in unserer momentanen Lage könnte alles wichtig sein. Der Schlüssel war aber nicht auffindbar. Dann bin ich mit dem Ding zu Pleiner gegangen und habe ihn gebeten die Kassette zu öffnen. Erst wollte er nicht. Ich habe ihm dann aber erklärt, dass das meine private Kassette sei und ich den Schlüssel verloren hätte. Dann ging das ganz schnell. Reingesehen habe ich noch nicht. Irgendwie habe ich Hemmungen …"

„Darf ich?", fragte Rottmann. Als Lieselotte nickte, klappte er den Deckel hoch. Zuerst nahm er einen Umschlag aus festem braunem Papier heraus, auf dem gut sichtbar „Testament" stand. Er war zugeklebt.

„Ist dir der Inhalt dieses Testaments bekannt?", fragte er Lieselotte.

„Nein", gab sie mit zusammengekniffenen Lippen zurück, „ich weiß nichts davon."

Rottmann legte ihn zur Seite. Das ging ihn nichts an. Er nahm mehrere gefaltete Blätter heraus, die mit einer Klammer verbunden waren. Er überflog das Schriftstück, dann blickte er ernst in die Gesichter.

„Ich fürchte, das wird jetzt nicht ganz leicht", sagte er. „Das ist ein notarieller Vertrag zugunsten einer gewissen Matilda Kurz-Hof. Darin verpflichtet sich Gernot Siebenheilig, der Begünstigten bis zu ihrem fünfundzwanzigsten Lebensjahr einen monatlichen Unterhalt von 1.500 Euro zu zahlen. Aus der Urkunde geht hervor, dass es sich bei der Begünstigten um ein nichteheliches Kind von Gernot Siebenheilig handelt. Die Vaterschaft hat er anerkannt." Er sah auf das Ausstellungsdatum. „Das Kind dürfte jetzt drei oder vier Jahre alt sein. Außerdem hat er darin noch eine weitere Verfügung getroffen. Er hat sich verpflichtet, das Kind Matilda Kurz-Hof in seinem Testament als Erbin einzusetzen."

In der Runde herrschte eisiges Schweigen. Lieselotte hatte die Bedeutung dessen, was sie da gerade hörte, auch nicht ansatzweise verinnerlicht. Leonie war sichtlich fassungslos.

„Das bedeutet ja ... ich habe eine Halbschwester ...", murmelte sie leise.

Rottmann legte die mehrseitige Urkunde zur Seite, dann griff er zu einem weiteren, von Hand beschriebenen Blatt. Es handelte sich dabei eindeutig um männlich markante Schriftzüge. Zunächst las er es einmal durch, dann hielt er es in die Höhe. „Ist das die Handschrift von Gernot? Er hat den Text jedenfalls unterschrieben."

Lieselotte starrte auf die Schriftzüge und nickte.

„Es handelt sich hierbei offensichtlich um die Fotokopie eines Geständnisses." Alle merkten auf, selbst Lieselotte versuchte sich zu konzentrieren.

„Ich lese dann mal vor", erklärte Rottmann. Er räusperte sich.

„Ich, Gernot Siebenheilig, gestehe, Frau Romana Kurz-Hof in der Nacht vom 3. auf den 4. September 2016 in stark angetrunkenem Zustand mit meinem alten Traktor angefahren zu haben. Ich bedauere diesen Vorfall sehr. Mit Frau Kurz-Hof verbindet mich ein außereheliches Verhältnis. Da Frau Kurz-Hof auf eine Anzeige verzichtet, erhält sie von mir ein Schmerzensgeld in Höhe von 30.000 Euro, zahlbar in drei Raten zu jeweils 10.000 Euro. Dieses Geständnis dient Frau Romana Kurz-Hof zur Absicherung dieser Ansprüche. Darüber hinaus liegt bei Frau Kurz-Hof eine Schwangerschaft im vierten Monat vor. Ich verpflichte mich ausdrücklich, nach der Geburt des Kindes die Vaterschaft anzuerkennen.

Unterschrift Gernot Siebenheilig."

Rottmann verstummte. Am Tisch herrschte beklemmende Stille.

„Vor mir tut sich ein Abgrund auf", flüsterte Lieselotte tonlos.

„Ihr hattet keine Ahnung?", fragte Elvira leise.

Beide schüttelten den Kopf.

„Die regelmäßigen Zahlungen sind euch nicht aufgefallen?", wunderte sich Rottmann.

„Gernot hat alles Finanzielle erledigt. Als ich einmal durch Zufall einen Kontoauszug sah, auf dem diese 1.500 Euro abgebucht waren, erklärte er dies mit der Abzahlung eines Kredits für eine Spritzeinrichtung am Traktor. Um diese Dinge habe ich mich nicht gekümmert."

„… und die 30.000 Euro? Das ist doch ein ordentlicher Brocken."

„Vater hat uns erklärt, er wolle etwas mehr als einen Hektar Weinberg arrondieren und neu bestocken. Da sind Investitionen im genannten Umfang durchaus real. Es ist auch nicht weiter aufgefallen, da die Beträge ja nicht auf einmal ausgezahlt wurden."

Erich Rottmann hob die Kassette hoch, dann griff er nochmals hinein.

„Moment, da ist noch ein gefalteter Umschlag, der richtig gegen den Boden gedrückt ist", erklärte er. Mit etwas Mühe zog er ein Kuvert heraus, das aufgefaltet DIN-A4-Größe hatte. Es trug als Absender die Adresse einer Arztpraxis für Hämatologie und Onkologie in Kitzingen. Auf dem Umschlag war zwar der Name von Gernot Siebenheilig mit Adresse zu lesen, er trug aber keine Briefmarke, war ihm also wahrscheinlich persönlich übergeben worden. Das Kuvert war nicht verschlossen. Der Inhalt war umfangreich. Rottmann hielt den Umschlag in die Höhe.

„Das ist jetzt, wie ich vermute, eine sehr persönliche Angelegenheit. Ich könnte es gut verstehen, wenn ihr zunächst den Inhalt alleine lesen wollt."

„Das gilt auch für mich", sagte Elvira Stark.

Leonie sah ihre Mutter an, die stillschweigend ihr Einverständnis gab. „Lesen Sie bitte!", bat sie dann mit zusammengekniffenen Lippen, die kaum noch Rot zeigten.

Erich Rottmann nahm den Inhalt heraus. Es handelte sich um einen zweiseitigen Arztbrief und mehrere Kopien von MRT-Aufnahmen eines menschlichen Körpers. In mehreren

Absätzen war in dem Brief in bestem Fachchinesisch das Untersuchungsergebnis des Patienten Gernot Siebenheilig dargestellt. Auf der zweiten Seite stand zuletzt der Absatz „Diagnose". Nachdem Rottmann auch diesen gelesen hatte, ließ er das Papier sinken.

„Es tut mir leid, die medizinischen Feinheiten muss euch ein Arzt erklären. Soweit ich das aber verstehen kann, leidet Gernot unter einem aggressiven Darmkrebs im fortgeschrittenen Stadium, der offenbar bereits Metastasen in der Leber und den Nieren gebildet hat. Hier wird Gernot dringend eine sofortige Chemotherapie angeraten, da der Krebs nicht mehr operabel ist."

Rottmann sah auf das Datum des Briefes. „Er ist schon zwei Monate alt. – Wenn ich das richtig sehe, hat er euch die Krankheit verschwiegen?" Ein Blick in die Gesichter von Mutter und Tochter war ihm Bestätigung genug. „… und er hat offenbar auch nichts unternommen. Sonst hättet ihr das doch sicher mitbekommen. Chemotherapien kann man nicht heimlich durchführen."

Erich Rottmann ließ die Unterlagen auf den Tisch fallen. Es dauerte eine Weile, ehe er wieder das Wort ergriff.

„Ich fürchte, jetzt müssen wir das Verschwinden Gernots unter einem anderen Blickwinkel betrachten …"

„Du meinst, er hat sich …?" Lieselotte vermied es, das Wort auszusprechen.

„Diese Option ist nicht ganz außerhalb der Wahrscheinlichkeit. Vielleicht wollte er eure Reise in die USA nutzen, um es hinter sich zu bringen. Er muss doch schlimme Schmerzen gehabt haben. Hat er denn keine Medikamente genommen? Das hättet ihr doch bemerkt."

Lieselotte schüttelte zaghaft den Kopf. „Da wir nicht mehr das Schlafzimmer teilten und wir auch das Bad getrennt benutzten, kann es durchaus sein, dass er von mir unbemerkt Medikamente eingenommen hat."

Leonie schob geräuschvoll den Stuhl zurück und eilte aus dem Zimmer. Zwei Minuten später kam sie mit zwei Medikamentenpackungen zurück.

„Die hier lagen in seinem Nachttischkästchen!", erklärte sie schroff und warf die Schachteln auf den Tisch. Dabei sah sie ihre Mutter nicht an.

Ungefragt nahm Rottmann eine in die Hand und öffnete sie. Im Inneren befanden sich zehn Blister à zehn Tabletten, wovon einer bereits zu drei Vierteln verbraucht war. Er entfaltete die Beipackzettel und überflog die Texte. Bei der Indikation las er gründlicher. Schließlich hob er den Kopf.

„Es handelt sich um starke Schmerzmittel, die bei der Schmerztherapie bei verschiedenen Krebsarten Verwendung finden. Wie es aussieht, sind das ziemliche Hämmer. In der zweiten Packung befindet sich ein Opiat, das bei akuten Schmerzanfällen eingesetzt wird. Hier steht, dass dieses Medikament auch in der Palliativmedizin Verwendung findet." Rottmann legte die Schachtel wieder zur Seite. „Das sind wirklich richtig krasse Drogen!"

„Wir hatten ja keine Ahnung!", stieß Leonie hervor. „Wenn wir gewusst hätten, wie schlecht es um Papa bestellt ist, wären wir doch niemals geflogen!"

„Vielleicht wollte er das gerade so", warf Elvira leise ein.

„Aber warum so eine komplizierte Art des Selbstmordes?", überlegte Rottmann laut und deutete auf die Medikamente. „Eine ordentliche Überdosis hiervon hätte die Sache schmerzlos über die Bühne gehen lassen." Da kam ihm ein Gedanke. „Hat Gernot eine Lebensversicherung abgeschlossen?"

Lieselotte nickte langsam. „Soweit ich mich erinnern kann, existiert eine derartige Versicherung. Ich glaube über

250.000 Euro. Er hat sie vor Jahren abgeschlossen, um mich abzusichern, falls ihm etwas zustößt … Leonie, bist du so lieb und holst den Ordner mit den Versicherungen."

Leonie stand auf und verschwand im Büro. Zwei Minuten später kam sie mit einem grünen Ordner zurück und schlug ihn auf. Ordentlich sortiert waren hier mehrere Policen verschiedener Versicherungen abgeheftet. Die Lebensversicherung war schnell gefunden.

„Ja, das stimmt, 250.000 Euro Risikolebensversicherung. Begünstigte: Lieselotte Siebenheilig", las sie.

„Sieh mal bei den Versicherungsausschlüssen nach", bat Rottmann.

Sie drehte das Blatt um und las. „Tatsächlich, bei Suizid ist die Leistung ausgeschlossen." Langsam wollte sie den Ordner wieder schließen. Plötzlich hob Rottmann die Hand.

„Warte, weiter hinten ist noch ein Schreiben abgeheftet!"

Leonie holte einen weiteren Brief der Versicherungsgesellschaft aus dem Ordner. „Das Schreiben ist erst sechs Wochen alt", stellte sie fest, dann las sie laut vor:

„Sehr geehrter Herr Siebenheilig, wir bestätigen Ihnen, dass aufgrund Ihres Antrags als Berechtigte im Versicherungsfall in Abänderung der ursprünglichen Vereinbarung nunmehr Ihre Töchter Leonie Siebenheilig und Matilda Kurz-Hof eingesetzt werden." Sie ließ das Blatt sinken. „Warum, um Gottes willen, hat Papa das gemacht?"

„Ich weiß, warum …", kam es leise von Lieselotte.

Erich Rottmann atmete tief durch. „Aufgrund dieser neuen Beweislage muss man das Verschwinden von Gernot Siebenheilig unbedingt neu bewerten. Ich werde auf jeden Fall sofort Florian Deichler informieren. Irgendwo muss seine Leiche sein!"

Rottmann verließ das Haus und suchte im Gefolge von Öchsle den Camper auf. Er wollte ungestört telefonieren.

Deichlers Sekretärin erklärte ihm, ihr Chef sei in einer Besprechung. Rottmann bat um dringenden Rückruf. Sie sagte ihm zu, Deichler umgehend zu informieren.

Eine Stunde später erfolgte Deichlers Rückruf. Erich Rottmann hatte sich in Kleidung auf eines der Stockbetten gelegt, um ein wenig Schlaf nachzuholen. Er wusste ja, dass in der nächsten Nacht wieder eine Wache anstand. Es war etwas zermürbend, einem Phantom nachzujagen, das auf dem Weingut Zeichen hinterließ, die man nicht oder nur mehrdeutig interpretieren konnte. Sie würden das wohl so lange durchhalten müssen, bis der Unbekannte einen Fehler beging.

Nachdem Erich Rottmann den Leiter der Mordkommission über die neuesten Entwicklungen unterrichtet hatte, teilte der Rottmanns Meinung, dass man die Menschen auf dem Weingut und in der Nachbarschaft noch einmal gründlich vernehmen musste. Er sagte zu, am nächsten Morgen gegen neun Uhr mit mehreren Beamten zu kommen. Sie würden mit Laptops ausgestattet sein, damit sie die Aussagen gleich schriftlich niederlegen konnten.

Das „Phantom" saß am Nachmittag in seiner Wohnung und plante für die nächste Nacht. Es war überzeugt, dass Pleiner wieder Nachtwache halten würde. Wahrscheinlich war der weißhaarige Alte mit seinem Köter auch wieder dabei. Er stellte sich einen finalen Angriff vor, der die Entwicklung in seinem Sinne vorantreiben sollte, damit er endlich die Früchte seiner Handlungen ernten konnte. Sein erstes Ziel war Pleiner. Ein harter Brocken, den er sich bis zum Schluss aufgehoben hatte. Er wusste, dass der Exmilizionär bewaffnet war und sicher auch von seinen Waffen Gebrauch machen würde. Aber wenn er Pleiner beseitigt hatte, würde die Abwehr auf dem Weingut völlig zusammenbrechen. Die Frauen, insbesondere

Lieselotte, konnte er dann pflücken wie die Trauben vom Reb-stock. Er war sich sicher, dass dann auch dieser Kerl mit Hund und seine Frau mitsamt ihrem Camper vom Hof verschwinden würden. Lieselotte und Leonie waren dann alleine. Ein grau-sames Lächeln huschte über sein Gesicht. Sorgfältig überprüfte er seine Utensilien. Er musste sich auf seine Ausrüstung hundertprozentig verlassen können. Wenig später trat er vors Haus und prüfte die Windrichtung. Normalerweise hatten sie hier konstanten Westwind. Der Wetterbericht hatte allerdings für die nächsten beiden Tage wechselnde Winde angekündigt, was sein Vorhaben erschwerte. Er dachte dabei an den Hund.

„Wir sollten uns heute Nacht vielleicht ein bisschen anders aufstellen", schlug Rottmann vor, der mit Pleiner auf dessen Veranda saß und mit ihm strategische Überlegungen anstellte. „Bis jetzt ist der Killer doch immer aus Richtung Dorf über das Obstbaumgrundstück gekommen. Das heißt, er lebt ganz brav und bieder in einem der Häuser am Dorfrand oder er kommt mit einem Fahrzeug, parkt irgendwo dort außerhalb und schleicht sich aus weiterer Entfernung an."

„Des Erstere däd ja bedeut, dass er enner vo die Eibels-dorfer is. Des kann ich mir echt nit vorstell. Da hätte die Leut doch was gemerkt! Wenn da enner in seinere Wohnung niest, saache se am annern End vom Dorf ‚Gsundheit'."

„Da wäre ich nicht so sicher", zeigte sich Rottmann skep-tisch. „Wir bräuchten einfach einen Mann mehr, dann könn-ten wir nicht nur hinter, sondern auch vor dem Haus wachen."

In dem Moment kam Elvira Stark vom Wohnhaus durch die Scheune, um in den Camper zu steigen. Sie blieb kurz bei den beiden Männern stehen.

„Ich mache mir um die beiden Frauen wirklich Sorgen. Leonie wird es sicher packen, sie muss jetzt zu einer Ver-anstaltung als Weinprinzessin. Auf Lieselotte ist allerdings in den letzten Tagen so viel eingestürmt, sie steht wirklich kurz vor dem Burnout. Leonie hat lange auf ihre Mutter eingeredet und dann mit ihrem Einverständnis den Hausarzt angerufen, der vorbeikommen will. Sie braucht dringend etwas zur Beruhigung. Ihre Selbstvorwürfe fressen sie auf; ständig redet sie von ihrem Mann, der nicht zur Ruhe kommen kann." Sie musterte Pleiner und Rottmann.

„Wenn ihr nur endlich mal etwas Greifbares hättet, damit die Polizei eingreifen kann. So jagt ihr zwei doch wieder nur einem Phantom hinterher."

Erich Rottmann sah sie einen Moment nachdenklich an.

„Erich, ist was?" Sie sah an sich hinunter, ob sie irgendwo einen Fleck auf der Bluse hatte.

„Elvira, entschuldige, aber mir ist da gerade ein ziemlich verrückter Gedanke gekommen … du solltest eine Chance bekommen, es besser zu machen als wir."

Sie sah ihn kritisch an. War er jetzt auch schon wirr?

Rottmann ließ sich aber nicht beirren. „Könntest du dir vorstellen, heute Nacht als dritter Mann … ich meine natürlich Frau … zu agieren?"

Pleiner zog erstaunt die Augenbrauen in die Höhe. „Wie soll denn des geh? Des is doch nix für schwache Fraue!"

Diese Aussage ging Elvira Stark, die sich ja ihrem Nachnamen sehr verpflichtet fühlte, gewaltig die Nase hinaus.

„Reinhard Pleiner, was glaubst du denn? Was ihr Mannsbilder auf die Beine stellt, schaffen wir Frauen noch lange!"

Pleiner, der sie noch nie so erlebt hatte, hob besänftigend die Hand.

„Ich hab halt nur gedacht, weil mer doch immerhin scho zwää Doode ham."

Rottmann grinste innerlich. Es hätte besser nicht laufen können. Er wusste, wie Elvira tickte.

„Also, die Herren, was soll ich machen?", fragte sie energisch. Zusammen entwarfen sie einen Einsatzplan. Wegen der geänderten Windrichtung würden sich die Männer an zwei auseinanderliegenden Stellen an der Grenze des Weinguts postieren. Elvira sollte, bewaffnet mit einer Trillerpfeife, im Schutz der finsteren Scheune auf dem Weinbergstraktor sitzen. Sobald ihr was verdächtig vorkam, sollte sie trillern und dabei die Ackerscheinwerfer des Traktors einschalten. Man musste ihn so platzieren, dass er das gesamte Hofareal ausleuchten konnte. Rottmann, Öchsle und Pleiner würden dann sofort angestürmt kommen, um einzugreifen. Der Plan wurde noch kurz diskutiert, etwas feingeschliffen, dann waren sich die drei einig.

Am späten Nachmittag fuhr das Auto des Hausarztes auf den Hof. Elvira setzte sich während des Besuches in die Küche. Nachdem er Lieselotte untersucht hatte, meinte er mit ernster Miene: „Liebe Frau Siebenheilig, organisch scheint alles so weit in Ordnung zu sein. Sie sind nur seelisch erschöpft und müssten eigentlich ganz dringend für ein paar Wochen in ein Sanatorium."

„Wie soll denn das gehen?", entgegnete sie mit erstickter Stimme.

Der Arzt zuckte mit den Schultern. „Ich kann Sie natürlich nicht zwingen … Irgendwie müssen Sie das organisieren! Sie bekommen von mir jetzt fürs Erste ein Medikament zur Beruhigung, das Ihre innere Anspannung reduziert. Dann verschreibe ich Ihnen noch etwas, damit Sie schlafen können." Er stellte ein Rezept aus und legte sie auf den Tisch. „Lassen Sie die Medikamente heute noch besorgen. Bitte nehmen Sie sie genau so ein, wie ich es auf das Rezept geschrieben habe. Kommen Sie nächste Woche zu mir in die Praxis, dann können wir weiterreden." Er verabschiedete sich und fuhr kurz darauf vom Hof.

Elvira drückte wenig später das Rezept Pleiner in die Hand, da Leonie ja schon fort war. Der setzte sich in den Caddy und fuhr ins Dorf zur Apotheke. Am späten Nachmittag nahmen sie ein verspätetes Mittagessen ein. Anschließend legten sich die drei „Wächter" für eine Stunde aufs Ohr, um für die Nacht fit zu sein.

L eonie kam kurz nach dreiundzwanzig Uhr nach Hause. Das Haus war dunkel. Elvira, Rottmann und Pleiner saßen vor dem Camper und tranken im Licht einer Laterne Schorle. Schoppen zu trinken war nicht angebracht, da sie während der Wache im Vollbesitz ihrer körperlichen Kräfte sein mussten. Rottmann erkannte den Lichtschein von Leonies Auto und fing sie ab, bevor sie das Haus betrat. Sie folgte ihm durch die Scheune, vorbei an dem dort parkenden Traktor, zu den anderen. Elvira klärte sie über den Arztbesuch auf und erzählte ihr, was der Arzt gesagt und verschrieben hatte. Leonie war sehr erleichtert. Sie unterhielt sich noch ein paar Minuten, dann sagte sie: „Gute Nacht und Waidmannsheil", und ging auf ihr Zimmer. Sie war nach der Veranstaltung redlich müde.

„Also, wir machen das so, wie wir es besprochen haben", rekapitulierte Rottmann nochmals. „Elvira, du sitzt auf dem Traktor in der Scheune, das Scheunentor ist vollständig geöffnet, die vordere Hofbeleuchtung ist aus. Pleiner hat dir gezeigt, wie du schlagartig die vier hellen Ackerscheinwerfer des Traktors einschalten kannst. Damit wird der Hof dann gleißend hell beleuchtet. Der Kerl verfügt mit Sicherheit über ein Nachtsichtgerät. Wenn er von dir plötzlich angestrahlt wird, macht das Gerät schlagartig dicht und er ist für einen Moment völlig blind. Das ist eine Schutzeinrichtung dieser Geräte, damit durch die plötzliche Helligkeit nicht die Bildröhre kaputt geht. Du alarmierst uns dann mit der Trillerpfeife und wir sind sofort zur Stelle. – Ist das klar?"

„Ich bin ja nicht senil!", gab sie zurück. Auch wenn sie sich äußerlich cool gab, innerlich war Elvira schon ziemlich angespannt.

„Es ist ja nicht gesagt, ob der Kerl heute Nacht tatsächlich kommt, aber in den letzten Tagen hat er fast jede Nacht zugeschlagen. Ich denke, er verfolgt ein Ziel und er verfolgt es immer nachdrücklicher." Rottmann machte seine Pfeife aus, die er sich kurz vor dem Einsatz noch gegönnt hatte, und klopfte die Restasche in ein zum Aschenbecher umfunktioniertes Marmeladenglas. Auch er stand trotz seiner Berufserfahrung unter Strom. Schließlich hatten sie es mit einem mehrfachen Mörder zu tun.

„Mir zwää maches mit unsere Daschelambe genauso", erklärte Pleiner. „Wenn mer was mitkrieche, dass er kommt, volles Licht aufs Gsicht! Des ham die Taliban mit uns gradso gemacht. Mir warn ja aa mit Nachtsichtbrille ausgerüst. Des hat so manchem Kamerad damals es Lääwe gekost."

„Dann ist jetzt alles klar", sagte Rottmann etwas ungeduldig. Jetzt war nicht die Zeit für Kriegsgeschichten.

„Uhrenvergleich!" Die Uhren waren alle aufeinander abgestimmt. Es war kurz vor Mitternacht, als die Wächter des Weinguts sich erhoben, um ihre Posten zu beziehen. Kurz darauf herrschte auf dem Weingut Siebenheilig lautlose Finsternis. Die nächtliche Atmosphäre schien mit einer Art elektrischer Spannung aufgeladen zu sein. Öchsle saß an der Seite seines Menschen und verschmolz dank seines schwarzen Fells mit der Umgebung. Der Rüde war volle Aufmerksamkeit und richtete seine Sinne in die Nacht.

Mit Ungeduld wartete das Phantom auf den richtigen Zeitpunkt. Von seinem Haus aus hatte er einen guten Blick auf das Weingut. Die Lichter hinter den Fenstern waren schon lange erloschen, der Camper dunkel. Auch die Dauerbeleuchtung war wieder ausgeschaltet, vermutlich auch die automatischen Spots. Das war ein Zeichen dafür, dass die Männer wieder auf Wache standen. Er lachte lautlos. Zweimal konnte er seine Pläne ungestört realisieren und auch diesmal würde er sie überlisten. Wahrscheinlich würden sie wieder an den Stellen wachen, die er die letzten beiden Male beim Zutritt benutzt hatte. Unflexible alte Männer, die seinem überlegenen Intellekt nichts entgegenzusetzen hatten. Er hatte sich schon einen schönen Platz ausgedacht, wo er Pleiners Leiche wirksam platzieren konnte. Das würde Lieselotte den Rest geben!

Kurz nach drei Uhr verließ er das Haus. Der Mond war dank des wolkenverhangenen Himmels unsichtbar. Seine Ausrüstung, soweit er sie nicht am Gürtel trug, führte er in einem schwarzen Stoffbeutel mit sich, den er sich wie einen Rucksack über den Rücken geworfen hatte. Die Straße war menschenleer. Die Bürger von Eibelsdorf schliefen den Schlaf der mehr oder weniger Gerechten. Mit wenigen Schritten war er an seinem Auto. Er lenkte den Wagen in die Weinberge, umfuhr das Weingut über Wirtschaftswege großräumig und stellte dann den Wagen am Beginn der Zufahrtsstraße zum Gut auf einem Feldweg ab. Fast lautlos schloss er die Fahrertür. Die automatische Innenbeleuchtung hatte er schon lange ausgeschaltet. So stand er eine ganze Weile in der Finsternis und sicherte. Dann zog er die Nachtsichtbrille, die er in einem Gestell auf dem Kopf trug, vor die Augen, schaltete sie ein und machte sich auf den Weg. Mit einem Griff versicherte er sich, dass die Taser-Schockpistole einsatzbereit in ihrem Köcher am Gürtel steckte. Erregung erfasste ihn. Sein Körper schoss Adrenalin in die Blutbahn. Das Nachtsichtgerät und die Infrarotlampe erhellten den Weg, so dass er sich bewegen konnte, als wäre es

Tag. Diesmal würde er seinen Angriff von der Zufahrtsstraße über den vorderen Hof starten. Eine Richtung, aus der sie ihn sicher nicht erwarteten. Er war nur noch geschätzte sechzig Meter vom Holzzaun des Weinguts entfernt, als plötzlich dicht neben ihm im Gebüsch ein wildes Fauchen ertönte. Er fuhr zusammen, seine Hand huschte zum Schocker. Dann wurde ihm klar, dass er offenbar eine Katze aufgescheucht hatte. Es dauerte einen Moment, bis sich sein Herzschlag wieder beruhigte. Hatte er damit die Menschen auf dem Weingut gewarnt? Lange blieb er stehen. Nichts tat sich. Er beruhigte sich damit, dass derartige nächtliche Geräusche auf dem Land zum Alltag gehörten. Schließlich schlich er weiter.

Elvira Stark trug ihren dunklen Jogginganzug, der sie in der Lichtlosigkeit der Scheune unsichtbar machte. Sie fand den gefederten Sitz des Traktors, der sich ihrem Hinterteil regelrecht anschmiegte, eigentlich ganz bequem. Man musste nur aufpassen, wenn man sich bewegte. Die Federung gab dann ein leises, aber in der Stille der Nacht vernehmbares saugendes Geräusch von sich. Mehrmals war sie in Gedanken den schnellen Griff zum Lichtschalter durchgegangen. Die Trillerpfeife hing ihr an einer Kordel um den Hals. Sie war gewappnet. Das regungslose Starren in die Nacht hatte etwas Unwirkliches. Immer öfter rutschten ihr die Augenlider nach unten. Wütend über ihre Schwäche zwickte sie sich regelmäßig in die Wangen, um sich wach zu halten. Plötzlich schreckte sie von einem seltsamen Geräusch in die Höhe. Es war nicht sehr laut. Wahrscheinlich ein Tier, das irgendwie gestört wurde, beruhigte sie sich. Dann kam ihr die Erkenntnis! Schlagartig riss sie hellwach die Augen auf. Gestört durch was? Oder besser gefragt, durch wen? Das Geräusch kam von links, aus der Nähe der Einfahrt zum Hof. Sie mühte sich ab, irgendwie eine Bewegung zu erkennen. Der helle Pflasterbelag des Hofes bildete trotz der Finsternis einen minimal helleren Untergrund als die Umgebung. Ein kurzer Blick auf das Leuchtzifferblatt ihrer Armbanduhr, zeigte ihr, dass es kurz nach drei Uhr war. Da! War da in der Nähe des Zauns seitlich der Einfahrt nicht ein schwarzer Schatten? Sie begann vor Erregung zu zittern. Einbildung oder Ernstfall? Es war ihr klar, wenn sie das Licht zu früh einschaltete und sie nur einer Einbildung aufgesessen war, brachte sie den ganzen Einsatz zum Scheitern! Ihr tränten die Augen vor Anstrengung. Jetzt …! Das war keine Täuschung! Jetzt hatte sich der Schatten ein Stück nach rechts bewegt!

Mit Leichtigkeit überwand er den Holzzaun, der aus quer liegenden rustikalen Bohlen bestand, die an Metallpfosten befestigt waren. Wieder blieb er stehen. Im Nachtsichtgerät sah er den dunklen Schlund der Scheune, im Scheinwerferglas des dort abgestellten Traktors reflektierte sich das Licht der Infrarotlampe und wurde als heller Schein zurückgeworfen. Er kontrollierte die Remise rechts von der Scheune. Alle Fahrzeuge, einschließlich des vw Käfers des Weißhaarigen, waren vorhanden. Er huschte einige Meter weiter.

Dann, schlagartig, tat sich vor ihm eine Lichterhölle auf! Mehrere gleißende Scheinwerferbündel trafen auf die Sensoren seiner Nachtsichtbrille. Im Sekundenbruchteil schaltete sich das Gerät aus und er war blind. Reaktionsschnell schlug er mit der Hand die Nachtsichtbrille hoch! Jetzt traf das Scheinwerferlicht aber direkt auf seine Augen und verschärfte die Blendung. Gleichzeitig ertönte ein schriller, andauernder Trillerpfiff, der ihn zusätzlich in Panik versetzte. Er taumelte mit vorgehaltenen Armen. Wie konnte er sie nur so maßlos unterschätzt haben? Ihn beherrschte nur noch ein Gedanke: Weg von hier! In dem Augenblick ertönte eine kräftige männliche Stimme.

Als Elviras Trillerpfeife die Stille der Nacht durchschnitt, sahen Rottmann und Pleiner auch den grellen Lichtschein vom vorderen Hof.

„Los! Wir müssen nach vorne!", rief Rottmann und setzte sich mit Öchsle in Bewegung. Während des Spurts holte er seinen Derringer aus der Joppentasche. Der Exkommissar war so unerwartet schnell, dass Pleiner Mühe hatte, hinterherzukommen. Als sie die schwarz gekleidete Gestalt im Scheinwerferlicht wanken sahen, merkten sie sofort, dass der Mann geblendet und damit kampfunfähig war. Öchsle umsprang ihn und ließ dabei ein wütendes Bellen hören.

„Bleiben Sie stehen und nehmen Sie die Hände in die Höhe!", brüllte Rottmann, dass es von den Wänden des Weinguts widerhallte. „Wir sind bewaffnet!" Nur wenige Meter vor dem Unbekannten blieben sie stehen. Sie positionierten sich dabei so, dass sie das grelle Licht im Rücken hatten und selbst nicht geblendet wurden. Rottmann atmete auf. Sie hatten es geschafft!

In dem Moment ging das Scheinwerferlicht aus!

Die plötzliche Dunkelheit drehte die Machtverhältnisse schlagartig um. Der Eindringling schob geistesgegenwärtig seine Nachtsichtbrille über die Augen, dann riss er den Taser aus dem Holster und schoss auf den Weißhaarigen, der ihm am nächsten stand. Der stieß ein lautes Ächzen aus, dann fiel er wie ein gefällter Baum zu Boden. Das Phantom ließ den Schocker fallen, zum Nachladen war keine Zeit. Er drehte sich um und hastete davon. Einer seiner Gegner war ausgeschaltet, das würde ihm einen Vorsprung einräumen. Sie hatten ihn sicher nicht erkannt. Mit dem Hund hatte er allerdings nicht gerechnet. Der bedrängte ihn massiv, wobei er immer nach seinen Waden schnappte und sich an seiner Hose festbiss. Das behinderte ihn erheblich. Er zog seinen Totschläger heraus und schlug nach dem Hund. Der wich zwar aus, wurde aber gestreift. Das Tier jaulte auf und ließ von ihm ab.

In dem Moment hörte er die Stimme Pleiners: „Bleib stenn oder es knallt!" Sein Gehirn befahl: Vorwärts! Ein Schuss knallte und ein brennender Schmerz fuhr von seinen Beinen aus durch den ganzen Körper. Verdammt, ich bin getroffen!, zuckte es ihm durch den Kopf. Er merkte aber, dass er noch laufen konnte. Die Schmerzen waren aber gewaltig! Mit letzter Energie schleppte er sich vom Grundstück.

Pleiner verfolgte ihn nicht weiter. Er hatte gesehen, sein Schrotschuss hatte getroffen. Der Kerl würde nicht weit kommen, da war er sich sicher. Jetzt musste er sich erst mal um Rottmann kümmern. Er eilte in den vorderen Hof zurück, wo Elvira sich über den am Boden liegenden Rottmann beugte, der ein Ächzen von sich gab, sich aber noch immer nicht rührte.

In dem Moment wurde die Hausbeleuchtung eingeschaltet und Lieselotte Siebenheilig und ihre Tochter kamen in Bademänteln herausgerannt. Der Schuss hatte sie offenbar geweckt.

„Erich! Um Gottes willen, Erich, komm doch zu dir!", bettelte Elvira. Rottmann lag stöhnend, mit starrem Blick und rührte sich nicht. Sie sah zu Pleiner auf, der neben ihr stand.

„Mach doch was! Er stirbt!", schrie sie, in ihrer Stimme schwang Panik mit. Da drängte sich ein wimmerndes schwarzes Fellwesen an ihr vorbei. Öchsle war offenbar verletzt, denn er lahmte etwas und hatte hörbar Schmerzen. Trotzdem drängte er sich an seinen Menschen und leckte ihm über das Gesicht.

„Mannomann", ertönte da krächzend die Stimme Rottmanns vom Boden, „dieses Elektrodings haut einen wirklich um!" Langsam versuchte er sich aufzurichten. Öchsle jaulte vor Freude laut auf. Mit Hilfe von Pleiner und Elvira kam Rottmann wieder auf die Beine. „Puh, das muss ich nicht nochmal haben", stöhnte er und rieb sich die Arme. Dabei spürte er die beiden Kontaktpfeile, die sich durch seine Kleidung gebohrt hatten. Er zog sie mit einem Ruck heraus und warf sie auf den Boden. Sie waren mit Drähten mit dem Schocker verbunden, der ein Stück entfernt am Boden lag. Dann beugte er sich zu Öchsle herab, der zitternd neben ihm stand, und streichelte ihn.

„Der Öchsle is ihm nach und hat en angegriffe. Da hat er mit irchendwas nach em gschlache", erklärte Pleiner.

„Hey, mein alter Kämpfer, was machst du denn für Sachen?", sorgte sich Rottmann. Öchsle wedelte schwach mit dem Schwanz.

„Können wir was tun?", wollte Leonie wissen. „Habt ihr den Kerl erkannt?"

„Nä", gab Pleiner zurück. „Mit dem Nachtsichtgerät aufm Gsicht war des nit möglich."

Rottmann dehnte sich. Noch immer taten seine Muskeln weh, die sich durch den Schock schlagartig schmerzhaft zusammengekrampft hatten.

„Ich ruf jetzt den Florian Deichler an", erklärte er. „Den Rest muss jetzt die Kripo erledigen." Er bückte sich und nahm den lahmenden Öchsle vorsichtig auf den Arm. Im Camper legte er ihn in sein Körbchen, dann griff er zum Telefon und wählte Deichlers Privatnummer. Als der Leiter der Mordkommission hörte, was sich ereignet hatte, wurde er hellwach. Er sagte zu, umgehend bei Tagesanbruch mit dem „großen Besteck" anzurücken, einschließlich Fährtensuchhund.

„Erich, kann ich dir was Gutes tun?", fragte Elvira besorgt. „Fühlst du dich wohl?"

„Ich weiß auch nicht, Elvira, aber mir ist so unheimlich nach Kuscheln. Würdest du mit mir …", er warf dem großen Bett einen bezeichnenden Blick zu.

Jetzt war Elvira Stark total überrascht. „Aber gern, lieber Erich, bis es hell wird, vergehen ja noch zwei Stunden, das reicht um … sich ein wenig zu erholen."

Blitzschnell richtete Elvira das Bett und die beiden landeten unter dem Laken. Erich Rottmann schmiegte sich an sie und bettete seinen Kopf zwischen ihren Brüsten. So war er in kurzer Zeit eingeschlafen wie ein kleines Baby.

Elvira lag noch einige Zeit wach. So etwas war ihr in ihrer ganzen freundschaftlichen Bekanntheit beziehungsweise bekannten Freundschaftlichkeit noch nie passiert. Konnte es sein, dass der Elektroschock bei Rottmann etwas ausgelöst hatte? Im Einschlafen dachte sie ernsthaft darüber nach, ob sie sich nicht heimlich ein solches Gerät anschaffen sollte. Gewissermaßen aus prophylaktischen, therapeutischen Gründen. Der Schock musste ja nicht gleich so brutal sein …

Öchsle lag leidend in seinem Körbchen. Er spürte zwar, dass nichts gebrochen oder gerissen war, aber einen schmerzhaften Bluterguss hatte er sich schon eingehandelt. Er war halt auch nicht mehr der Jüngste.

Kurz nach sieben Uhr kam die ganze Kavallerie auf den Hof gefahren. Florian Deichler ließ sich von Rottmann sofort den Ablauf der vergangenen Nacht schildern, schließlich meinte er ernsthaft: „Erich, das hätte böse ins Auge gehen können! Warum hast du mich nicht verständigt? Dann hätten wir dem Kerl gemeinsam eine Falle gestellt. Jetzt kann er schon längst über alle Berge sein."

„Glaub ich nicht", erwiderte Rottmann, „Pleiner hat in Notwehr mit der Schrotflinte auf ihn geschossen, weil er auf den Öchsle eingeschlagen hat, und seine Beine getroffen. Weit kann er nicht gekommen sein."

Am Tatort fanden sich auf der Fluchtstrecke Blutspuren. Deichler ließ die Spurensicherer ausschwärmen und die Gegend nach weiteren Spuren absuchen. Dabei fiel ihnen ein Geländewagen auf, der unweit vom Weingut geparkt stand. Das Fahrzeug war offen. Anhand der im Handschuhfach verwahrten Papiere stellten sie fest, dass der Halter ein Matthias Vogt, wohnhaft in Eibelsdorf, Fronweg 117, war. Sofort ließ Florian Deichler die umgebenden Straßen von Streifenwagen absperren. Eine halbe Stunde später klingelte Florian Deichler, begleitet von zwei Kriminalbeamten, an der besagten Adresse. Auf dem Weg dahin fanden sie auf dem Asphalt weitere Blutspuren. Als nicht geöffnet wurde, befahl Deichler den Zugriff, und sie traten die Tür ein. Sie fanden Vogt mit heruntergelassenen Hosen in seinem Bad. Offenbar hatte er ohne großen Erfolg versucht, seine Verletzungen zu versorgen. Eine Schrotkugel schien ein größeres Gefäß getroffen zu haben, alles war voller Blut. An die Badewanne gelehnt stand ein geladenes Jagdgewehr. Von dem Blutverlust geschwächt, leistete er der Verhaftung jedoch keinen Widerstand. Deichler verständigte sofort den Notarzt, der eine Viertelstunde später eintraf. In Handschellen und von einem Beamten bewacht, wurde er im Rettungswagen in die Uni-Klinik nach Würzburg geschafft.

Deichler begann mit seiner Mannschaft das Haus systematisch zu durchsuchen. Währenddessen war Elvira mit Öchsle auf dem Weg zum Tierarzt. Sicherheitshalber! Pleiner hatte sich gerne bereit erklärt, sie zu fahren. Rottmann wollte sich auf keinen Fall die Durchsuchung des Hauses entgehen lassen. Vogt hatte offenbar ziemlich spartanisch gelebt. Die Möblierung war gediegen, aber ohne jeden Komfort. Ganz anders sah es im Dachgeschoss aus, von dem man einen ausgezeichneten

Blick auf das Weingut hatte. Was sie sonst noch vorfanden, verschlug ihnen die Sprache. Die Wände waren über und über tapeziert mit Fotos von Lieselotte Siebenheilig. Aufnahmen in fast jeder Lebenslage, gefertigt mit einem Teleobjektiv, das mit Kamera auf einem Stativ am Fenster montiert war. Daneben Ausschnitte aus Zeitschriften, Zeitungen und Internetkopien, auf denen ausschließlich Lieselotte Siebenheilig zu sehen war. Vogt musste die Winzerin schon seit langer Zeit exzessiv gestalkt haben.

Es gab daneben auch Einzelfotos von Gernot Siebenheilig, dem Kellermeister Georg Hauserzettl, Herbert Krienerle, Reinhard Pleiner und Erich Rottmann. Gernot Siebenheilig, Hauserzettl und Krienerle waren mit einem roten Stift durchkreuzt.

„Von Lieselotte Siebenheilig scheint er ja regelrecht besessen gewesen zu sein", stellte Deichler fest.

„… und das sieht nach einer Todesliste aus", registrierte Rottmann schockiert.

„Scheint so", sagte Deichler. „Gernot Siebenheilig ist durchgestrichen, müsste also auch tot sein. Fragt sich nur, wo er die Leiche gelassen hat."

Das Haus gründlich zu durchkämmen würde Tage dauern. Am Ende warfen Deichler und Rottmann noch einen Blick in den Keller, der aus mehreren Räumen bestand und vom Hof aus betreten werden konnte. Eine Kammer war ordentlich gefliest und schien als Zerwirkraum für erlegtes Wild zu dienen. In der Ecke stand eine große Gefriertruhe. Deichler warf einen Blick hinein. Sauber beschriftet und abgepackt in Gefrierbeutel lagen zahlreiche Wildfleischpakete darin. Er wollte die Tür schon wieder schließen, als Rottmann ihn aufhielt. Einer plötzlichen Eingebung folgend, räumte er einige der Pakete zur Seite.

„Ich werd verrückt", stieß Deichler hervor, als unter einer eingeschweißten Rehkeule ein eisiges Gesicht zum Vorschein kam. Mit starrem Blick schaute sie die Leiche von Gernot Siebenheilig an!

Epilog

Eine Woche nach den Ereignissen in Eibelsdorf saß Erich Rottmann vor Deichlers Schreibtisch und gab seine Aussage zu
Protokoll. Nachdem er alles durchgelesen und unterschrieben
hatte, sah er Deichler an. „Florian, jetzt sag mir mal, welche
Motive hatte dieser Vogt? Er schien mir bei seiner Festnahme
zurechnungsfähig zu sein. War sein Liebeswahn bezüglich
Lieselotte Siebenheilig der Auslöser für drei Morde?"

Deichler atmete tief durch. „Erich, du weißt, das darf ich
dir eigentlich nicht sagen. Wir stecken noch mitten in den
Ermittlungen ..."

„Okay, Florian, du hast dein Sprüchlein aufgesagt, jetzt
komm mal zu Potte! Ich hab ja praktisch den Fall allein auf-
geklärt! Es würde mich beispielsweise interessieren, wie Vogt
das mit dem Unfall von Gernot Siebenheilig hingedreht hat."

„Oh, Erich", stöhnte Deichler, „in Gottes Namen, du gibst
ja sowieso keine Ruhe." Er beugte sich vor und stützte sich auf.

„Das ist alles ziemlich dramatisch! Der sterbenskranke
Gernot Siebenheilig wollte die Amerikareise seiner Frau und
seiner Tochter nutzen, um in der Nacht einen tödlichen Unfall zu inszenieren, damit die Lebensversicherung ausgezahlt
wird. Er weihte seinen Freund Pleiner ein, der seinem tod-
kranken Freund den letzten Dienst nicht verweigern wollte.
Da Gernot der moderne Weinbergstraktor wegen der Überrollbügel nicht erfolgversprechend erschien, entschlossen sich
die beiden, mit dem alten Museumsstück hinauf zum heiligen
Vitus zu fahren. Pleiner sollte ihn mit Gernot am Steuer zum
Absturz bringen. Gernot nahm eine Überdosis seiner Medikamente. Nach der glaubwürdigen Schilderung Pleiners war er
zwar beeinträchtigt, aber er hätte bis zum Schluss nein sagen
können. Pleiner stellte den Traktor quer zum Hang, als er zu

rollen anfing, sprang er ab. Er trug dabei Arbeitshandschuhe und Plastiktüten über den Stiefeln."

„Beihilfe zum Selbstmord", überlegte Rottmann laut.

„Ja, richtig, aber er hat gute Chancen, straffrei zu bleiben", erklärte Deichler beiläufig. „Nach dem Absturz überzeugte sich Pleiner davon, dass sein Freund tot war. Er hatte sich offensichtlich das Genick gebrochen und blutete heftig aus einer Wunde am Arm. Pleiner lief dann zu Fuß zum Weingut zurück. Der Weg war vielbefahren, irgendjemand würde Gernot Siebenheilig schon finden. – Und da kam Matthias Vogt ins Spiel. Vogt ist der Stiefbruder von Romana Kurz-Hof, der Mutter von der kleinen Matilda Kurz-Hof. Romana vertraute ihrem Stiefbruder an, dass Gernot Siebenheilig der Vater ihres Kindes ist und versprochen habe, Matilda in sein Testament aufzunehmen. Vogt kam entgegen, dass er vor Jahren diesen aufgelassenen Bauernhof in Eibelsdorf kaufte. Zunächst hatte er nur vor, von Gernot mehr Geld zu erpressen. Dabei kam ihm aber in die Quere, dass er sich unsterblich in Lieselotte verliebte. Er lernte sie bei Weineinkäufen auf dem Hof kennen. Dieses Gefühl musste bei ihm wie ein Blitz eingeschlagen haben. Als er merkte, wie die Winzerin von Männern umschwärmt wurde, startete er beim Weinfest in Eibelsdorf einen Annäherungsversuch. Das Ergebnis war ein heftiger Korb! Von da an, wurde seine Liebe zu Lieselotte immer mehr zur fixen Idee. Er begann sie heimlich zu fotografieren und Presseartikel zu sammeln. Immer wenn er das Gefühl hatte, sie ließ andere Männer näher an sich heran, wuchsen in ihm die Wut und der Hass. Er steigerte sich in die Überzeugung hinein, nur er wäre der einzig richtige Mann für Lieselotte. Irgendwann beschloss er, Gernot Siebenheilig und die anderen vermeintlichen Nebenbuhler zu beseitigen.

Da Vogt das Weingut von seinem Haus aus ständig überwachte, bekam er natürlich mit, dass Gernot und Pleiner mitten in der Nacht den alten Traktor vom Hof fuhren. Unbemerkt folgte er den beiden ohne Licht. Fasziniert beobachtete er die Inszenierung des Unfalls. Er konnte sich darauf keinen Reim machen. Fast hätte Pleiner ihn entdeckt, als der sich zu Fuß in Richtung Weingut entfernte. Vogt wartete geraume Zeit, dann fuhr er näher, stieg aus und betrachtete die Absturzstelle. Gernot Siebenheilig war tot, das sah er sofort. In diesem Augenblick kam ihm die irre Idee, den Winzer verschwinden zu lassen. Kurzerhand schleifte er den Leichnam die Weinbergszeile hinauf. Dabei verlor der Tote weiter Blut. Das passte in seinen Plan, sah es doch so aus, als habe sich der Verletzte noch den Hang hochgeschleppt. Er legte den Winzer in die Plastikwanne, die auf seinem Wildträger am Auto befestigt war, und schnallte ihn fest. Dann fuhr er unentdeckt zu seinem Haus, trug den Leichnam in die Wildkammer, entfernte die eingefrorenen Fleischpakete in seiner Gefriertruhe und legte Gernot Siebenheilig hinein. Dann packte er das gefrorene Wildfleisch wieder obenauf und stellte die Truhe auf Schockfrosten. Mit einem Kärcher beseitigte er die Blutspuren vom Boden, von der Wildwanne und vom Heckträger. Dann zog er sich um, steckte seine blutige Kleidung in die Waschmaschine und fuhr wieder hinauf zu der Unfallstelle. Dort wartete er noch ein bisschen, dann meldete er den Unfall der Polizei." Deichler atmete durch.

„Was hat er sich davon versprochen?"

„Einerseits war ein Hindernis auf dem Weg zur Eroberung Lieselottes beseitigt, auf der anderen Seite konnte er sie mit der Inszenierung eines untoten Ehegatten seelisch zermürben. Die Tötung des Kellermeisters und von Krienerle entsprang derselben Motivation. Bei beiden hinterließ er Haare von Gernot, um bei Lieselotte den Eindruck des untoten Gernot zu verstärken. Den Kellermeister deponierte er in seiner eigenen Gefriertruhe in der Datsche, bis er ihn einsetzen konnte. Er war bis zum Schluss davon überzeugt, nur die vermeintlichen Rivalen beseitigen zu müssen, um bei Lieselotte landen zu können. Später wollte er Gernot Siebenheilig finden lassen und das Erbe mit Lieselotte gemeinsam antreten. Was er nicht wusste, der Winzer hatte seine Frau enterbt und stattdessen seine Tochter Leonie und Matilda Kurz-Hof als Alleinerben eingesetzt. – Du weißt, du und Pleiner, ihr habt großes Glück gehabt. Ihr standet auch auf seiner Todesliste."

„Gibt es eine Erklärung, warum er seine beiden Opfer mit Stich ins Genick getötet hat? Eine sehr ungewöhnliche Art zu morden."

„Da musste ich mich auch erst schlaumachen. Das ist eine kaum noch gebräuchliche schnelle Tötungsart von Jägern, wenn ein Stück Wild nicht tödlich getroffen ist und man es von seinen Leiden erlösen muss, ohne eine Schusswaffe einsetzen zu können. Hätten wir das früher gewusst, wäre dies ein Hinweis auf einen Jäger als Täter gewesen. Er hat seine Opfer mit dem Schocker bewegungsunfähig gemacht und dann auf diese Weise lautlos getötet. Die Einstiche waren so winzig, teilweise von Haaren verdeckt, dass man sie erst bei der Obduktion entdecken konnte."

„Wie geht es jetzt weiter?"

Deichler zuckte mit den Schultern. „Er bleibt in Untersuchungshaft, zurzeit sitzt er in der geschlossenen Abteilung des Nervenkrankenhauses. An seiner Täterschaft besteht kein Zweifel. Er bekommt mit Sicherheit lebenslänglich und ich hoffe, mit anschließender Sicherheitsverwahrung. Übrigens, unsere kriminaltechnische Abteilung hat auf dem Messer, das du mir gebracht hast, feinste Haarpartikel gefunden, die eindeutig Gernot Siebenheilig zuzuordnen waren. Offenbar hat Vogt mit diesem Messer dem eingefrorenen Toten Haarbüschel abgeschnitten, um sie bei den anderen Leichen zu deponieren."

„Was wird aus Pleiner?"

„Es gibt sicher eine Anklage wegen unerlaubten Waffenbesitzes. Aber ich denke, er wird mit einem blauen Auge davonkommen. Die Beihilfe zur Selbsttötung wird vermutlich eingestellt werden. Das Tragische an der Geschichte ist, dass der aufopfernde Plan von Gernot Siebenheilig wegen der Lebensversicherung einen Unfall zu inszenieren wegen Vogt nicht aufging. Da der Selbstmord jetzt eindeutig feststeht, zahlt die Lebensversicherung natürlich nicht."

Rottmann erhob sich. „Ein Fall, der einem unter die Haut geht!" Öchsle erhob sich von seinem Platz unter dem Schreibtisch und hüpfte schwanzwedelnd zur Tür. Er war wieder topfit. Rottmann grüßte und ging. Er verließ das Gebäude, zog seine vorgestopfte Bruyère aus der Joppentasche und machte Dampf, dann wandte er sich in Richtung Stammlokal. Es war doch schön, wenn man Polizeibeamte kannte, die Vernehmungen so legten, dass man anschließend gleich zum Stammtisch konnte. Er hatte ja schließlich einige Silvaner nachzuholen.

Aus Elvira Starks persönlichem Tagebuch:

Montag, den 21. November

„… Liebes Tagebuch, heute habe ich wieder einiges auf dem Herzen. In der letzten Zeit ist viel passiert! Sehr viel! Ich habe ganz schön gestaunt, als Erich eines Tages zu mir kam und sich einfach meinen Camper ausleihen wollte. Zuerst dachte ich, er hätte sich von der schönen Winzerin bezirzen lassen, aber dann hat er mir erzählt, was auf diesem Weingut los ist. Einfach Wahnsinn! Er hat vielleicht dumm geschaut, als ich ihm eröffnete, ich würde mitkommen. Dann hat er es aber akzeptiert … und was soll ich sagen, es war ein Glücksfall, dass ich dabei war. Wenn man es genau nimmt, habe eigentlich ich den Mörder entlarvt …, … zumindest gehörig dazu beigetragen. Mal abgesehen davon, hätte ich sonst nie diesen netten Reinhard Pleiner kennengelernt. Ein wirklich feiner Mann, wenn … ja … wenn ich nicht schon meinen Erich hätte … du kannst dir gar nicht vorstellen, wie ich gelitten habe, als Erich mit dem Elektroschocker niedergestreckt wurde?! Im ersten Moment dachte ich, er muss sterben! Jetzt kann ich ja drüber flachsen, aber damals war ich ganz schön fertig! Aber wie es so ist im Leben, alles hat seine Vor- und Nachteile. Du wirst es nicht glauben, seit dem Elektroschock will Erich fast täglich mit mir kuscheln! … und das stundenlang! Weiß der Himmel, was der Strom bei ihm ausgelöst hat? Langsam, muss ich ganz ehrlich sagen, könnte die Schockwirkung auch wieder mal etwas nachlassen … Öchsle ist auch schon ganz irritiert."